青年批评家
文　库

邱华栋　主编

# 文本细读与中国当代小说的魅力

张清芳———

著

中国言实出版社

**图书在版编目（CIP）数据**

文本细读与中国当代小说的魅力 / 张清芳著. -- 北京：中国言实出版社，2023.3

ISBN 978-7-5171-4384-0

Ⅰ.①文… Ⅱ.①张… Ⅲ.①小说研究－中国－当代
Ⅳ.①I207.42

中国国家版本馆CIP数据核字（2023）第028511号

## 文本细读与中国当代小说的魅力

责任编辑：代青霞
责任校对：王建玲

出版发行：中国言实出版社
　　地　址：北京市朝阳区北苑路180号加利大厦5号楼105室
　　邮　编：100101
　　编辑部：北京市海淀区花园路6号院B座6层
　　邮　编：100088
　　电　话：010-64924853（总编室）　010-64924716（发行部）
　　网　址：www.zgyscbs.cn　　电子邮箱：zgyscbs@263.net

经　　销：新华书店
印　　刷：北京虎彩文化传播有限公司
版　　次：2023年7月第1版　　2023年7月第1次印刷
规　　格：880毫米×1230毫米　　1/32　　6.375印张
字　　数：200千字

定　　价：58.00元
书　　号：ISBN 978-7-5171-4384-0

# 目 录

# 导　言

# 从"文本细读"角度重读中国当代小说的审美特征

　　"一时代有一时代之文学"，中国当代文学每一个阶段的作品均与其他历史阶段的文学及作品存在不同之处并形成某些独特特征。例如，对英雄人物的塑造，不仅不同作家在不同时代的创作中会有不同的发力点，而且同一位作家在不同年代与环境氛围中创造出的英雄人物形象也会存在诸多差别。如20世纪五六十年代所塑造的英雄人物，与20世纪80年代作品中出现的英雄人物，会在细节描写、性格特征等方面存在不同。因为不同时代与历史阶段的文学作品体现出的时代感通常不同，特别是如果把20世纪50—70年代的作品与进入新时期之后出现的那些作品进行比较，就可发现二者之间显然存在很多较为明显的不同之处，读者根据这些不同之处大致可分辨出这些作品写于不同的年代。这也是一种常见的文学现象。还要指出，即使是处于同一时代的文学作品，彼此之间仍然有其自身的某种独特性。在对具体文本进行解读时尤其要注意这些独特性，这主要表现为其较独特的语言特征与独具特色的行文风格等。从这个角度说，这些作品既包含当时社会的时代精神与某些需要遵循的共有文学规范外，同时还包含着某些超越时代限制的文学因素，这是很多文学作品得以发表或出版并在历史发展变迁过程中能够存活下来乃至成为经典的一个主因。

如果落实到具体文学作品的解读与分析上，一般来说，首先要了解中国现当代文学史的相关脉络，包括作品所隶属的时代背景、社会文化背景及当时文学的整体艺术特色或者某个具体时代的文学特征等方面，这样对于作者为什么要写这部文学作品与为什么这样写，也就是所使用的语言形式与艺术技巧等问题，读者们会产生更深的审美感受与印象。

关于"中国现当代文学"的概念范畴，从时间上来讲，指从1917年的五四新文学运动为开端，发展到今天的中国文学，已经有一百多年。但是近二十多年来，特别是研究中国现当代文学的海外学者们，他们更赞成中国现当代文学是从晚清开始直到现在，而古代文学是指从秦汉或者从原始的文学开始，一直发展到晚清左右的中国文学。对于"晚清"的时间界限，学界还有一个说法，认为其属于近代文学阶段。总之，关于中国现当代文学开端的问题，各有各的说法。这些不同的看法不能说是错误的，因为它们都有一定的道理并形成了自身的学术体系。

中国现当代文学具体包括两部分，第一部分是指中国现代文学，第二部分是指中国当代文学。这两部分统称为中国现当代文学，二者之间是一个继承、发展的关系。在学术界有个说法，认为中国现代文学有时候包括中国现代文学和中国当代文学这两个时间阶段。中国现代文学，或曰中国现代文学三十年，其实就是指中国现代文学史，即中国现代文学的发展历史。中国现代文学三十年，其时间是指从 1917 年到 1949 年新中国成立之前。如果按照从晚清到今天的文学的说法，它指从晚清到 1949 年新中国成立之前这段时间的中国文学。当然国内的学术界通常是把这一阶段的开端定位为从 1917 年到 1949 年新中国成立之前。它之所以经常被称为中国现代文学三十年，因为它还细分出三个"十年"。第一个"十年"是从 1917 年到 1927 年，这十年期间有一个比较统一的文学思潮、文学现象、文学特征等。而进入 1928 年之后，第一阶段的文学就开始发生变化，进入第二个文学阶段，即从 1928 年到 1937 年的第二个"十年"。1937 年全面抗日战争的开始被称为第三个"十年"的标志性事件，因此从 1938 年到 1949 年被称为第三个"十年"，包括全面抗日战争、解放战争阶段，直到新中国成立。这就是中国现代文学三十年的时间阶段划分。

　　中国当代文学则是接续中国现代文学，一般指的是从 1949 年到今天的中国文学。也可以说，现在还在发表文章的作家与他们创作的文学作品，都属于中国当代文学的范畴。中国当代文学可具体分为两大历史阶段，分别是当代文学十七年与"文革"十年。当代文学十七年是指从 1949 年到 1966 年，"文革"十年则是指从 1966 年到 1976 年。这将近三十年的时间，统称为当代文学 50—70 年代。这个概念来源于洪子诚的

《中国现代文学史》，指的是 1949 年新中国成立到 20 世纪 70 年代末。20 世纪 70 年代末指的是"文化大革命"结束之后，这是第一个大阶段。有时有些评论性文章会写道，在当代文学十七年当中，茹志鹃的《百合花》等小说是其中的代表作。第二个阶段指的是从"文化大革命"结束之后，也被称为 20 世纪 70 年代末期，这个时期的文学又被称为新时期文学。新时期文学是一个特有名词、一个具有特殊内涵的术语。对于新时期文学，学术界还有其他看法，认为这个阶段还可以进一步细分。一种说法是，从 20 世纪 70 年代末期到 1989 年这一阶段的文学称为新时期文学，而从 1990 年发展至今的文学称为后新时期文学。还有一种说法是，从 20 世纪 70 年代末到 2012 年期间为新时期文学阶段，而从 2013 年发展至今的阶段为新时代文学阶段。只有了解了中国现代文学和当代文学的分期与概念范畴，我们才能将具体的文学作品放在特定的时代背景中进行解读和分析。由此会发现，每一时期的文学都有不同特征，即"一时代有一时代之文学"。

从专业角度说，文学评论文章大致可分为以下几种类型：

第一种类型，是对某篇文学作品，最常见的是短篇小说、散文、诗歌或者长篇小说等进行解读和批评。此处的"批评"，是一个中性词，对应的英文单词为"criticism"，是"批评"和"评论"的意思。这类评论文章比较常见。第二种类型，是对某一位作家的所有作品进行整体性评论，属于"作家论"范畴。作家论的字数范畴可长可短，有几千字的也有上万字的，或者是几十万字的一本专著。第三种类型，是对某种文学思潮或文学现象进行概括性分析与评论。例如，近年学界，主要以洪子诚、李陀、程光炜、王尧、李杨等人为代表，对中国当代文学范畴中的"重返80年代"现象进行考察和分析，甚至将其作为一门课程进行讲解。第四种类型，是对某一位学者的专著进行文学史或学术史分析，或是进行重新解读。此类型的文章需要评论者充分了解整个文学史或学术史，并对该学者的专著进行认真研读。第五种类型，则指综合以上四种类型对具体文本、对具体作家的作品、对具体文学思潮或文学现象等进行研究分析。

　　我们要学会并写好一篇文学评论文章，首先要对作品文本中的背景充分了解和掌握。正所谓，一时代有一时代之文学，那么一时代也有一时代之文学评论。在写文学评论时，行文结构还需要符合时代发展的大趋势以及当代的解读模式或范式。比如，茅盾在《谈最近的短篇小说》中对发表在1958年第六期《人民文学》中的二十几部短篇小说进行了点评。其中，他专门用了三千多字评论《百合花》的文学价值，认为作者写得很好，表现了军民情，具有"清新俊逸"的特点。但是近年来有些学者对《百合花》评论的侧重点已经发生了较大变化。在文章《〈百合花〉的重刊与重评：兼论茅盾的阐释》中，作者茹志鹃认为《百合花》表现的不仅仅是军民情，还有其蕴含的人性美、人情美、抒情性。在1980年重评《百合花》时，茹志鹃又谈论道，虽然这部小说没有描写爱情，但是它属于"没有爱情的爱情牧歌"。需要指出的是，在这部小说发表的20世纪50年代，爱情在某种程度上属于禁忌话题，茹志鹃自然不会提到《百合花》具有这个特点。随着 20 世纪 80 年代思想解放潮流的冲击，这部作品的人性美、人情美之类的评价才慢慢出现在了人们的视野中。

那么应该如何对文学作品，特别是小说作品进行分析、解读和评论呢？

第一，要多阅读、多思考，更要会读书。所谓会读书，就是要会专业性地读书。我们在阅读文学作品的时候，要一边阅读一边在脑海中不自觉地或自觉地形成一种专业性的阅读感受，形成专业性的解读方式。但何为专业性呢？具体指大家阅读作品的时候，首先要沉浸在作品的世界中，与其中的故事与人物感情感同身受并引起共鸣。例如，在阅读《百合花》时，结尾处小通信员牺牲了，而新媳妇含着泪水，这时我们的感觉有些心酸，这就是感同身受。在阅读这个作品的时候，我们与作品产生共鸣，这是最基本的要求。但是评论家不能仅仅有比较感性的认识，还需从中超脱出来，以旁观者的角度重新看待、审视与分析这部作品的价值。其次要进入理性分析层面。我们需要思考使我们感动的是什么，为什么我们看到小通信员牺牲、新媳妇流眼泪就会感觉很难受，小说在语言和情节的安排上是怎样的，故事情节是怎样一步步推进最后将我们拉入这种情感氛围中的……这是写评论文章的基础，需要客观判断与客观评价，也可以理解为"入乎其内，出乎其外"，意思是我们在阅读小说时既能够受到感动又能够超脱这种感情限制。比如，在晚清时期，当时翻译家林纾与一位学法语的大学生一起翻译法国著名的长篇小说

《茶花女》。因为原著是法文，所以需要这位学法语的学生将法文版的《茶花女》翻译成中文给林纾听。翻译过程中，当大学生讲到悲惨的故事情节时，两人涕泗横流、抱头大哭。林纾听过法文的翻译之后又重新用文言文将这部作品改写为《巴黎茶花女遗事》，在当年风行一时。林纾作为一位翻译家，一方面被茶花女的故事感动，另一方面他又进行翻译和改写，在小说中体现出自己的理性思考。

第二，学会对具体小说或者文学作品进行解读与评论，这是写作评论文章的基本功。当我们对一部文学作品，尤其是小说进行文本解读和评论时，首先要做到的是对具体文本进行文本细读，包括语言文字、形式结构、细节描写等方面。为什么有些小说我们在阅读时会觉得有些晦涩难懂，是因为故事情节的推动违反了生活常理。但是如果故事情节发展很顺利，例如像《百合花》这类作品，那就需要思考：我们在阅读这部小说时，有哪些细节感动了我们？茅盾赞赏这部小说，因为这部小说的确是在小说情节的推进、人物形象的塑造上，还有语言文字等方面达到了茅盾所要求的比较理想或被称为好的短篇小说的要求和标准。中国现当代文学中的小说作品，类型种类较多，包括现实主义小说、浪漫主义小说、现代主义小说、寻根文学小说、后现代主义小说等。最常见的是现实主义小说，它的特点是如实反映客观社会生活，塑造出典型环境中的典型人物等等。浪漫主义小说充满了爱、唯美、死亡、感伤、缠绵悱恻的感情等因素。现代主义小说较为特殊，例如卡夫卡的小说，他的作品具有现代主义小说的特色，不以塑造人物为主要特征，在他的作品中人物多是扁平的，面目是模糊的。后现代主义小说是当代文学的主要部分，20世纪80年代中后期的先锋派文学或者先锋派小说中出现了后现代主义色彩。后现代主义小说的主要特征，是具有象征或者指示性意义。因此对不同类型的作品要运用不同的方法和角度进行具体分析。例如，在分析后现代主义小说时，要找寻丰满的人物形象、生动曲折的故事情节几乎是不可能的。所以当面临后现代主义小说时，要从后现代主义小说要求的象征寓意、意象比喻、追求创新的手法切入，才能更好地解读。

第三，我们要适当阅读一些文学理论、史学实践以及社会学等方面的专著。文学理论方面的书籍，可以为我们写好文学评论储备基础知识和背景性知识。我们要写好一篇文学评论文章，需要掌握一定的理论知识和写作技巧，可适当地引入某些文学理论、理论家的某些观点作为佐证材料，还可引用一些文学理论观点。这样写出来的评论文章，既有对文本的细致分析，又有一定的理论厚度。对作家作品进行解读的时候，不能仅仅复述故事情节，还要一方面对具体文本进行细读，如对人物形象进行分析；另一方面有理论的概括能力，说明这部作品具有什么样的文学特征、在文学史上有怎样的特色等。例如，在细读《百合花》时，我们要思考几个问题，其中一个问题是：为什么《百合花》当中一定要写小通信员面对着女性，如"我"和新媳妇时，尽管特别羞涩、不好意思，但是在行动上又很关照她们？小通信员考虑到女同志还未吃饭，离开包扎所的时候给"我"留了两个干馒头，那么作者为什么要这样写呢？作者本来可以写小通信员落落大方，然后在路上跟"我"谈笑风生，再把"我"送到包扎所去，为什么作者要写他和女性接触时腼腆和不好意思呢？其实其中包含着作者非常多的用意，不仅仅是因为小通信员天真淳朴的性格，见了女同志不好意思，实际上这种写法具有时代特征。因为在当时的文学作品中，男性英雄人物往往具有一个普遍特征，即思想的纯洁性，所以作者就必须突出小通信员的这个特征。此类总结概括，也算是理论总结的一个例证。

我们在对具体的文学作品进行分析解读的时候，应该注意如下几种情况。

第一，对于不同的文学类型与作品，我们进行解读和分析时一定要有具体针对性。例如，对现实主义小说的分析和解读与对后现代主义小说的分析和解读差异很大，要有不同的角度。对不同的艺术手法、不同的文学类型（中国现当代文学的文学类型主要分为四大类，即小说、诗歌、散文、戏剧，一般不包括影视）也要有所区分。比如鲁迅的小说《祝福》，初高中学生对祥林嫂的形象分析是认为其被"三座大山"压迫，这是现实主义小说的解读方式。鲁迅《故事新编》中收录的小说《起死》，是用戏剧体写的一部新编历史小说，是作者从《庄子·至乐》篇寓言故事里演义出来的。这部小说的大概故事情节是：有一天，庄子到其他国家去，经过一个荒野时看到一个骷髅，庄子想这个人怎么死在这里并变成骷髅了呢？后来庄子睡觉的时候在梦中召唤了阎王，让阎王把这个骷髅复活了。骷髅复活了之后就告诉庄子他是几百年前的人，然后就跟庄子聊天，后来庄子就醒了。但是鲁迅《起死》就不是这样写的，讲述的故事变为庄子被请到某地去讲学，在野地里遇到一个骷髅，庄子找了大司命将骷髅复活，然而这个骷髅复活之后，因看到自己赤身裸体，就认为庄子抢了自己的衣服。庄子跟他反复解释：不是我杀的你。你本来是个骷髅，我找人把你复活了，你光着身子是因为衣服早就腐烂了，你已是五百年前的人。但是这位复活的人，怎么也不相信，最后要拉庄子到警察局去。在庄子的时代，春秋战国时代，哪里有什么警察局？但是鲁迅在《起死》中就写到警察局，而且还突然来了一位巡警进行询问。庄子就说明事情原委，结果巡警对庄子说，你是局长专门请来的讲座教授吧？然后认为那个没穿衣服复活的人是无理取闹，就把那个人抓走了。鲁迅的小说《故事新编》显然是在古代的故事中注入了现代都市的一些因素，所以我们就不能用现实主义的手法来对其进行评价。总之，对于不同的文学类型，我们要从不同的角度和视角进行解读，由此来分析其独特的文学价值。

　　第二，在分析具体作品时，要抓住不同作家的语言风格。因为语言风格的不同会产生不同特征的作品。即使是同一个流派当中的不同作家，有时也会因为语言风格的不同而产生不同的风格特征。所谓流派，在文学领域即指在文学发展过程中，短时间内出现了比较多的作家，并且这些作家的作品内容或者背景都很相似，这就形成了一个流派，比如小说流派、散文流派之类，还有"京派""海派"等。

　　20 世纪 80 年代新时期文学，出现了寻根小说流派，其中一个代表性的作家叫阿城。他的短篇小说《棋王》，以知识青年上山下乡生活为背景，讲述了一位特别喜欢下棋的"棋呆子"，名叫王一生，而他的棋风也被认为体现出浓厚的中国老庄文化特征。我认为阿城写《棋王》这部小说还是比较合适的，因为他是学国画的，善于用简笔勾勒人物神韵，如同一幅中国古典的水墨山水画。在文学史中，关于《棋王》的评论性文章，也往往都是抓住阿城的这一写作特征进行分析的。还有同为知青的韩少功的中篇小说《爸爸爸》，也是寻根文学代表作，但这篇小说与阿城的作品不一样。《爸爸爸》的时代背景同样也是 20 世纪六七十年代，讲述了一个深山里比较原始的鸡头寨和鸡尾寨的故事。这个封闭寨子里的人为什么能知道外面的世界呢？因为里面有一个人物——仲裁缝的儿子仁宝，他有三十多岁，经常下山闲逛。他下山回来时就穿着双新皮鞋、新西服炫耀说山下的世界。小说是通过仲裁缝的儿子仁宝来表现时代背景的。两个村寨要开始争地盘，因为连年收成不好，所以小说主要写了一系列的原始古老的民风民俗，带有一定的魔幻现实主义色彩。韩少功作品的语言和阿城的完全不一样：韩少功的语言比较通俗流畅，也喜欢用长句子，其中隐含着作者的幽默和嘲讽；阿城的语言凝练而意蕴丰富，具有古朴风格。

　　第三，同一时代背景下不同作家的作品风格也不会完全一样。我们将当代文学 50—70 年代，或者当代文学十七年，包括"文革"十年，这近三十年为当代文学的大阶段，因为这一段时期的文学总格调是相似的，即是高昂乐观的，并且充满了英雄主义色彩。例如，峻青写过《黎明的河边》，主人公回忆着：我站在讲台上给大家讲我的英雄事迹，就不禁想起来应该十四年前，我在潍河旁工作时，交通员小陈和小陈一家的故事。当时武工队长命令通信员小陈到河西司令部送信，结果不幸被"还乡团"敌人发现，敌人威胁小陈把小陈的母亲和弟弟抓走。为什么叫"黎明的河边"？那是因为"我"和武工队领导老杨会合之后，让通信员小陈和小陈的父亲老陈一起，在黎明的时候把我们送到潍河对岸。这个河很重要，因为这一边是"还乡团"，但对面就是我们的根据地，所以说一定要在黎明之前渡河去。在潍河边，小陈的母亲和弟弟捆绑着被"还乡团"推出来，敌人拿着枪威胁，后来小陈的母亲和弟弟被"还乡团"打死了。最后，小陈和他的父亲忍着悲痛把"我"和老杨送走，而这时因为连日的暴雨，河水涨水，在过河的时候，小陈又受重伤，他最终无力地松开了"我"的手然后被河水冲走了。最后的结局是武工队里每次行动都有一位满头白发的老人家跑在最前面。小说表现了战争的残酷，以及人物的崇高。

不过，同样写革命斗争的作家孙犁，1949年左右发表了不少作品，其中包括《山地回忆》《吴召儿》，但他不直接写战争的残酷与流血。《吴召儿》这个小说的故事大概是：第一主人公"我"（在当代文学50—70年代中，只要写牵涉革命的小说，作家大多喜欢以第一人称来写，表明是自己的经历，但其实作家在其中是有虚构成分的）所在的部队在三将台休整，其间"我"在识字班（后来识字班成为没结婚的女孩子的一个代称）看到一位女孩，大概有十七八岁，叫吴召儿。11月，敌人要"扫荡"，村长介绍吴召儿跟着"我"一起站岗。当敌人来"扫荡"时，吴召儿让"我"和其他人先撤离，她拿着手榴弹跟部队一起战斗。作者不直接写战争的残酷，而是采取了此前像《荷花淀》《山地回忆》等这种间接的写作手法，主要突出战争中的人性美，也充满了朴实的抒情性。

而同样是回忆革命生活，女作家茹志鹃发表于1958年的《百合花》与宗璞发表于1956年的短篇小说《红豆》，存在很多不同之处。《百合花》并没有直接交代淮海战役的背景，而说一次战役要打响，风格非常明朗、单纯。《红豆》作为"百花文学"（1956年5月，中共中央根据毛泽东的意见确定了"百花齐放，百家争鸣"的方针，给潜在于各个领域的强大的变革要求以推动和支持。文学界遂出现了突破僵化教条的"解冻"。在1956年和1957年上半年，《人民文学》和各地的一些文学刊物纷纷发表在思想、艺术上的探索性作品，它们或者在题材、主题上有新意，或者提供了新的观点和表达方式。文学界将这些文学作品称之为"百花文学"）中的一部代表作，与当时要求作品的风格明朗、单纯的总基调有所区别，而是有较为复杂多样的风格特征，尤其对革命与爱情之间矛盾的描写，令人印象深刻。如20世纪50年代末期杨沫的长篇小说《青春之歌》也有革命与爱情的细致描述，女主人公在面对革命与爱情的矛盾时选择抛弃思想不上进的男友，但在《红豆》中却不是这样，女主人公江玫在面对大资产阶级出身的男朋友齐虹时，一直未分手，直到齐虹坐飞机出国之后两人才分开。这篇小说既有对革命与爱情缠绵悱恻的描写，也写了国家与家庭之间的矛盾等，文笔较为细腻，在当代文学50—70年代的小说中并不多见。还有男作家萧平发表于1956年的短篇小说《三月雪》。《三月雪》同样是写革命年代（1943年左右）的故事，但他的语言风格与故事情节安排又有其独特性。小说主要写了两个人物，一个是三十多岁的地下共产党员刘云，还有一个是她的十一二岁的女儿小娟。讲述了当母亲刘云被敌人伤害之后，女儿小娟继续做一些情报工作等。既然这些作家们的风格不一样，那么我们解读的方式就不能一样。

第四，时代背景的变化与时代精神的演变，也导致了这些文学作品，尤其是小说作品，在语言与形式风格上发生了很大变化。例如，同样是写农民生活变化，赵树理在20世纪50年代初写了一部短篇小说，叫《"锻炼锻炼"》。该小说以20世纪50年代中国农村推行的农业合作化改革（所有的农民都要加入合作社）为背景，讲述了两个落后分子——"小腿疼""吃不饱"逐渐进步的故事。50多岁的老太太是个落后分子，她想单干，不想加入农业合作社，因此干活的时候她就说自己小腿疼。她不光自己不参加合作社，还不让她的儿媳妇去，让儿媳妇来伺候她等，所以"小腿疼"成了她的外号。而"吃不饱"是一位长得漂亮的已婚妇女，她的外号也来自她好吃懒做。在结婚之前，她就想找合作社的干部结婚以此能够少干活，但最后嫁给了一位农民。结婚之后她不下地干活，也不参加合作社，每天跟别人说她吃不饱饭。实际上，她的丈夫一出去干活，她就在家里下面条吃，改善生活。因此，"吃不饱"就变成了她的外号。后来，经过合作社干部对她们的教育，她们觉得不好意思，又都去参加合作社了。而在30年之后，进入新时期文学，1980年高晓声发表的小说《陈奂生上城》，作品的背景发生了改变，农民不再参加合作社，而变为单干。小说讲述道，陈奂生这个"漏斗户主"（江苏方言，指家里很穷，感觉戴帽子都好像漏了东西一样）经过个人单干，发家致富了，家里有了存粮，日子过得比较好，觉得自己有点秃顶，想进城买顶帽子，于是他进城去卖自家的油绳（在六七十年代，当时是不让农民自己到去集市进行自由买卖的。现在，陈奂生炸了油绳可以到城里去卖，相对于以前是一个巨大的改变和进步）。陈奂生进城后到火车站去卖油绳，卖了几块钱之后准备买帽子。但因为天冷，他感冒了，之后他就迷迷糊糊地躺在车站的椅子上。这时，陈奂生正好碰到了要坐火车开会的县委书记吴楚。吴楚书记看他可怜，好意安排他住进县招待所。第二天，受宠若惊的陈奂生在房间里小心翼翼，生怕弄坏了东西。但是当结账时听说只睡一晚就要五元钱后，他大吃一惊，只能把买帽子的钱交了旅馆费用，进而忿忿然，在房间里大搞"破坏"。但是，回村后，因为坐过县委书记的车、住过一晚五元的招待所，他在村里的地位突然提高了（因为当时的招待所必须是公职人员才能入住的），连村里在供销社里干活的人都很羡慕。供销社员工说他出了这么多次差，都没资格住五元一晚上的招待所。从那之后，陈奂生就过得非常得意，所以陈奂生因为吴书记把他送到招待所，又很感动。这种对农民形象的塑造，幽默中又包含批判精神。

同样写农民生活的变化，不同时代的作家，侧重点也不同，在写评论文章的时候要看到一种不同的东西在其中。不能用赵树理的《"锻炼锻炼"》来分析高晓声的《陈奂生上城》，反之亦然。是因为时代在变化，作家创作也在变化，这就要求在读作品的时候，对作者写这部作品的时代和这部作品自身故事发生的年代，都要有一种感同身受。如果在80年代赵树理未必写不出像陈奂生那种阿Q式的人物，但是他当时在50年代要求塑造先进人物，要求进步分子和落后分子相对立，所以他只能创作出"小腿疼"和"吃不饱"。当然如果80年代的高晓声写"小腿疼"和"吃不饱"，他可能觉得这两个人是落后分子。总之，时代在变化，作家的作品也在变化，在评论作品的时候要考虑到这一点。

第五，同一位作家在不同历史年代中所写的不同小说作品也要有不同的解读方式。例如，宗璞的《红豆》写到了女大学生江玫和齐虹两个人缠绵悱恻的爱情，以及革命和爱情之间的矛盾。而到了1978年宗璞的《弦上的梦》，爱情只是一个侧面反映，主要是声讨"四人帮"的罪行。一个作家在不同时期所写的作品能够发生那么大的变化，我们在具体解读分析的时候，一定要注意到这些问题。

# 第一章

## 重返中国革命历史经典的时代场景

### ——重读茹志鹃《百合花》

茹志鹃是中国当代文学史中的著名作家，她在 1958 年发表的短篇小说《百合花》是中国红色文学代表作之一。该小说被翻译成多国语言出版，并在海内外产生了一定影响。时任文化部长的茅盾在 1958 年发表的《谈最近的短篇小说》一文中曾高度评价《百合花》的文学成就："情节单纯明了，带有时代特色，细节丰富传神，并且善于从较小的角度去反映时代本质。"①

具体说，一部好的现实主义短篇小说一定要精于构思，需要紧紧围绕主要的几个人物，一般是一两个人物展开故事叙事，同时还要注意通过细节描写来衬托人物性格，并烘托环境氛围。一位称职的评论家与研究者，除了在具体的评论实践过程中要仔细阅读作品，即进行文本细读外，还要感同身受，想象并设身处地体验作家当时是如何进行创作的。因此在阅读这部作品时，还要想一想作者为什么要这样构思情

---

① 茅盾：《谈最近的短篇小说》，作家出版社 1958 年版，第 10 页。

节。还可以进行换位思考：如果我们是这位作者的话，为什么要这样安排情节的推进呢？这样的构思、情节安排及人物形象在作品中会起到什么作用与审美功能呢？不仅如此，我们还需要揣摩作家创作这篇小说时的心态与时代背景之间的复杂微妙联系。《百合花》属于运用现实主义手法创作出的一部典型代表作。作者在进行构思时不但要围绕故事情节、人物性格形象等因素展开，并推动故事持续发展直至进入高潮、结尾，而且还要通过多种细节来塑造、烘托人物形象，即在典型环境中塑造出典型人物，这也是 20 世纪 50—70 年代小说创作的规范性要求。茅盾在《试谈短篇小说》一文中明确提出："短篇小说主要是抓住一个富有典型意义的生活片段或者叫横截面，说明一个问题，或者表现比它本身广阔得多也复杂得多的社会现象，好的短篇小说要多快好省，要以小见大。"① 简而言之，就是短篇小说一定要抓住一个富有典型意义的生活片段来表现、折射更广阔的社会生活，且具有一定的象征意义。这也是中国当代文学 50—70 年代革命历史题材小说所要达到的一个时代特征。这种创作模式一直延续到新时期以后的现实主义小说创作中。例如在路遥的长篇小说《平凡的世界》中，主要以孙少安、孙少平两兄弟的人生故事贯穿作品始终，他们面临的社会家庭生活变迁与个人命运遭际的剧烈变化等等，均全景式地反映了从 1975 年冬天到 20世纪 80 年代中后期这一段时间内的、中国处于改革开放初期

①茅盾：《茅盾评论文集（上）》，人民文学出版社 1978 年版，第 178 页。

时代大变化中的种种情况。这也是"以小见大"手法在作品中的具体体现。

至于创作现实主义短篇小说的其他要求，茅盾在《试谈短篇小说》中通过比较长篇小说和短篇小说具有的不同特征，提出短篇小说不要写太长篇幅，为此还提出它要符合三个条件：第一，精于剪裁，大约五六千字；第二，描写人物性格不要贪图全面，把最主要的人物性格塑造清楚就可以，不要滥用次要人物；第三，环境描写必须为作品主题服务，环境描写如果不需要就不用写。①茹志鹃的《百合花》因非常符合这三个条件而受到茅盾的大力称赞。

《百合花》的故事背景是淮海战役。通过查阅一些相关资料还可发现，男主人公小通信员在现实生活中并不存在，而是由几个人物合成的。正如鲁迅在杂文《我怎样做起小说来》中所说的"人物的模特儿也一样，没有专用过一个人，往往嘴在浙江，脸在北京，衣服在山西，是一个拼凑起来的角色"②。茹志鹃有一次下基层部队时，偶然见到一位年轻的、见到女性就脸红的连长，这个有趣的特点就被挪用到小通信员身上。小说发生的具体时间为1946年的中秋。如果联系小通信员送次要主人公"我"到包扎所的具体情形，可进一步推断具体时间是从中午一直到夜晚的大半天时间之内，故事时间被压缩得很紧凑。这部小说在内容题材上本来属于当时较为流行的回忆革命生活的一类作品，然而开头却跳过回

---

① 茅盾：《茅盾评论文集（上）》，人民文学出版社1978年版，第179—181页。
② 鲁迅：《鲁迅全集》第4卷，人民文学出版社2005年版，第527页。

忆抒情的句子开门见山地直接插入主题：在 1946 年的中秋，部队决定晚上总攻。小说中提到"文工团的几名同志"，显然带有作者茹志鹃自身的角色特征，因为她这个时候在部队正是处于这种角色身份。不过小说所写内容也并非茹志鹃个人的真实经历，因小说创作往往会带有某种虚构性质，也就是拥有"文学真实性"特征。这也是小说所反映的"真实"和现实真实生活之间的不同。

小说接着写道："大概因为我是女同志吧！团长对我抓了半天后脑勺，最后才叫一个通信员送我到前沿包扎所去。"[1] 作者为什么要有这样的细节描写呢？可能与当时部队中女同志的独特位置有关。在残酷的革命战争中，女战士大概都处于被保护、被关爱的地位，也是对当时战争实际情况的一种如实反映。而"我"的反应是"反正不叫我进保险箱就行。因此我答应了"[2]。这个小细节具有明显的时代性，也是战争时代女战士心理的一种客观如实反映。然而随着时代的不断变化发展，现在的作家再重写革命历史题材小说时就很少会再出现这种话语表达方式及这种具有当时时代氛围感的细节描写了。

当"我"和小通信员走在路上时，小说笔锋一转却仔细描绘了路边的优美风景："两边地里的秋庄稼，却给雨水冲洗得青翠水绿，珠烁晶莹。空气里也带有一股清鲜湿润的香味。要不是敌人的冷炮，在间歇地盲目地轰响着，我真以为我们

---

①② 茹志鹃：《百合花》，作家出版社 1958 年版，第 80 页。

是去赶集的呢！"①

　　这处风景描写在作品中具有重要的审美作用。本来战争是非常残酷的，但是为什么要通过次要主人公"我"的视角来插入这一段风景描写呢？其实这还牵涉这部短篇小说的结构安排与行文节奏的快慢问题。从叙事节奏角度看，作者的安排比较巧妙，开头部分的叙述节奏较为舒缓、抒情和从容，但在后面部分当写到小通信员牺牲的时候，节奏一下子变得紧密、急迫起来。叙事节奏由此成为一个舒缓与紧张相间的、一张一弛相错的起伏变化过程，目的是符合读者的阅读心理规律。而同时代男作家峻青的小说《黎明的河边》，与《百合花》在叙事节奏上则大为不同。整部小说的节奏从头到尾均处于一种高度紧张的、紧密厚实的状态，给读者一种强烈的紧张感。

　　《百合花》描述了小通信员虽然和"我"一起走路，但总是走在前面且与"我"保持一段距离，因此"我开始对这个通信员生起气来"②。以此为开端，小说开始以"我"的眼光来观察小通信员的一举一动，并且开始写出"我"的情绪变化。而"我"对小通信员情感的变化，即经历了从一开始时的生气，到后来看到他因"我"追赶不上而又停下脚步等"我"时的感动，最终引起"我"对他产生兴趣且仔细观察他的一个变化过程。作品对"我"的情绪消长的描摹不但丰富了小说的内涵，而且还呼应了后半部分当"我"看到小通信

---

① 茹志鹃：《百合花》，作家出版社 1958 年版，第 80 页。
② 茹志鹃：《百合花》，作家出版社 1958 年版，第 81 页。

员牺牲时所产生的、实际上并不少于新媳妇的悲痛心情。这也使"我"对小通信员的情感变化成为一条贯穿小说始终的暗线与伏笔，亦成为这部小说结构设计精巧的一个证明。从另一个角度说，"我"情感上的前后变化也是这部作品大量使用对比手法的一个体现。

小说中处处充满对比手法。最典型的要数小通信员行动举止的前后对比。他一开始面对年轻女同志时脸变得很红，非常害羞忸怩。这个细节一方面说明他性格的质朴单纯，另一方面也契合当时文学作品中英雄人物形象与"社会主义新人"形象性格单一、情感单纯的普遍特征。后来，小通信员为救战友在小巷子中勇敢扑向炸弹这一革命大无畏精神与开始时的羞涩举动形成一种鲜明对比，同时赋予小说一种悲壮崇高的审美色彩。

不仅如此，作者几次描写小通信员的羞涩与脸红，还具有另一个重要的审美作用，即抓住人物反复出现的一两个小特征来塑造出生动鲜活的人物形象。这样既突出强化了小通信员单纯可爱的性格特征，又使读者阅读时感到了趣味盎然，为整部小说增添了一些故事性、可读性和趣味性。这也是该小说至今仍然深受读者喜爱的一个原因。

也是因为小通信员引起了"我"的兴趣，所以"我"开始仔细观察他，并通过谈话得知这是一位小同乡，使我们这两个来自不同连队的战士之间有了初步了解。等我们到达由学校改造的前沿阵地包扎所后，逐渐引出了到老乡家借被子的情节。如果说此前"我"在与小通信员同行一段路的过程中了解到了后者的一些个人基本情况，那么到包扎所后又一起去新媳妇家借被子公用，则为彼此进一步熟悉与了解提供了一个良机，还顺理成章地把百合花新被子的主人——一个结婚才三天的新媳妇纳入故事叙事中，也成为她晚上到包扎所帮忙照顾从前线抬下来伤员的前情与铺垫。新媳妇由一开始不借给小通信员被子，但是等"我"与小通信员一起去借后又愿意借新被子给我们。由于当时"我"已经捧满被子，所以示意小通信员来拿。不过有趣的是，他此时的举动又充满了孩子式的赌气："没想到他竟扬起脸，装作没看见。我只好开口叫他，他这才绷了脸，垂着眼皮，上去接过被子，慌慌张张地转身就走。"① 这个细节与此前描述他面对女同志脸红的个性特征彼此吻合，加上小通信员离开包扎所返回部队之前留给"我"作为午饭的那两个干馒头，也进一步凸显出他的单纯性格及内心对战友的关心爱护之情。

　　而小通信员肩膀上被撕破的那个洞及挂下来的布片，不仅成为一个伏笔与标志性特征，在小说后半部分使新媳妇与"我"通过这个衣服破洞辨认出舍己救人的重伤员正是小通信员外，而且他拒绝新媳妇帮他缝补破洞或许还是出于一见到年轻女性就脸红害羞的一个无意识动作，既符合他一贯的性格特点，同时也把这个人物形象写活了，使其得以栩栩如生地呈现在读者眼前。

　　《百合花》的故事情节按照时间顺序继续推进：当夜晚

---

① 茹志鹃：《百合花》，作家出版社 1958 年版，第 86 页。

满月降临之时正是部队将要发起总攻之时，因此"我"在吃着乡干部送来的几个老乡家做的干菜月饼时，一方面恍然察觉原来今天是中秋佳节，自然而然地开始回忆小时往事并借此再次把读者的注意力拉回到小通信员身上："啊，中秋节，在我的故乡，现在一定又是家家门前放一张竹茶几，上面供一副香烛，几碟瓜果月饼。孩子们急切地盼那炷香快些焚尽，好早些分摊给月亮娘娘享用过的东西，他们在茶几旁边跳着唱着：'月亮堂堂，敲锣买糖，……'或是唱着：'月亮嬷嬷，照你照我，……'我想到这里，又想起我那个小同乡，那个拖毛竹的小伙，也许，几年以前，他还唱过这些歌吧！"①

此处的回忆场景在小说中承担起三个层面的审美功能：首先是赋予全文一种温馨的生活气息与抒情色彩，是其清新俊逸总体风格的一种具体体现；其次在全文中具有承上启下的过渡作用——"我"之所以会想起那位同为四川天目山人的小通信员同乡，显然是为下文他因救战友受重伤而出现在包扎所做铺垫；最后一个层面则是承接此前他们去老乡家借被子过程中所营造的欢乐祥和、军民一家亲的气氛，及舒缓自如的叙事节奏与节拍。然而这又是战争爆发前短暂的美好与幻境，属于暴风雨来临前的平静，也预示着随后的叙事节奏将会变得非常紧张、细密且逐渐把这个故事推向矛盾冲突的高潮。

故事情节在继续推进："攻击开始了。不久，这个时候断

---

① 茹志鹃：《百合花》，作家出版社 1958 年版，第 88 页。

断续续有几个伤员下来。"①"我"先是负责起登记伤员的工作，"我拿着小本子，去登记他们的姓名、单位，我拉开一个重彩号的符号时，'通信员'三个字使我突然打了个寒战，心跳起来。我定了下神才看到符号上写着 × 营的字样。啊！不是，我的同乡他是团部的通信员。但我又莫名其妙地想问问谁，战地上会不会漏掉伤员。"②可说"我"有种不祥的预感，非常害怕那个小通信员同乡也出现在这里。而此处之所以写"我"的担心或曰预感，显然是为随后小通信员的重伤出场再进行铺垫，同时也提醒读者在阅读小说时要始终想起小通信员这个人物形象的存在。

随后的战斗越来越残酷和艰难，但是作者没有直接描绘战斗场景的残酷与血腥，而是通过一些伤员的回答简要叙述出战争情况的进展："下来的伤员，只是简单地回答说：'在打。'或是'在巷战。'但从他们满身泥泞，极度疲乏的神色上，甚至从那些似乎刚从泥里掘出来的担架上，大家明白，前面在进行着一场什么样的战斗。"③这里侧面描写或曰避免直接呈现出战斗的残酷与激烈，也是茹志鹃小说的一个显著特征。

与之相比，峻青在《黎明的河边》中直接描写了子弹射穿通信员小陈的母亲与弟弟小佳等人身体时血淋淋的、残酷的战争场面，也是他有意采用的一种写作方式。具体到茹志鹃来说，她作为一名文工队员，在战斗打响的时候均在部队

---

① 茹志鹃：《百合花》，作家出版社 1958 年版，第 88 页。
②③ 茹志鹃：《百合花》，作家出版社 1958 年版，第 89 页。

后方服务，不像前线战士那般需要冲锋陷阵，因此她可能对战争残酷血腥的场景见得不算多，或者也是因为她不愿意直接描写战争的残酷与冷酷。就像孙犁在回忆创作小说《荷花淀》情景时所说的，他参加过战斗，也曾经看过很多残酷的、血淋淋的战争场面，但是他只希望描写出人性美、人情美："看到真善美的极致，我写了一些作品。看到邪恶的极致，我不愿意写。这些东西，我体验很深，可以说是镂心刻骨的，可是我不愿意去写这些东西。我也不愿意回忆它。"① 因此他一般仅把战争作为故事展开的大背景且通常采取侧面描写方式省略掉那些血腥的战争场面。而这种文学理念和写作策略也正是茹志鹃喜欢采用的。她在《百合花》中主要通过"我"观察伤员的受伤程度来呈现越来越残酷激烈的战斗情况，同时继续展开故事叙事："包扎所的担架不够了，好几个重彩号不能及时送后方医院，耽搁下来。我不能解除他们任何痛苦，只得带着那些妇女，给他们拭脸洗手，换一件干净衣裳。"② 面对包括新媳妇在内的、来包扎所帮忙的青年妇女们因害羞抢着烧锅的举动，"我"开始动员她们做更多照顾伤员的工作："特别是那新媳妇。我跟她说了半天，她才红了脸，同意了。不过只答应做我的下手。"③ 此处安排"我"劝说新媳妇的情节，主要目的是合情合理地引出后面新媳妇发现那个牺牲自

---

① 孙犁：《文学和生活的路——同〈文艺报〉记者谈话》，《文艺报》1980 年第 6 期。
② 茹志鹃：《百合花》，作家出版社 1958 年版，第 89 页。
③ 茹志鹃：《百合花》，作家出版社 1958 年版，第 90 页。

已保全战友的重伤员是小通信员之后放弃害羞忸怩，而主动为已经牺牲的他擦手、擦脸并换衣服等举动。这不但是对故事叙事得以继续推进的有意铺垫，而且也是对比手法的再次运用。如果再结合新媳妇在"我"与小通信员去她家借被子时的一系列举动，即一开始见到我们时"她听着，脸扭向里面，尽咬着嘴唇笑"①，到听"我"讲完共产党政策后不再笑而是朝向房里看并经过思考掂量后，毅然把那条百合花新被子抱出来借给我们，再到她来包扎所帮忙时依然笑眯眯的模样且询问"我"关于小通信员是否也在这里，最后到她在"我"的劝说下克服害羞和害怕情绪，识大体地答应照顾伤员的过程。既在新媳妇的这种变化中传神地勾勒出她思想觉悟提高的过程，也使她后来流着眼泪把那条弥足珍贵的新百合花被子作为小通信员殉葬品的举动变得合情合理、水到渠成。由此也可看出作者在结构设计上的严密与精巧。

当小说的前半部分做好种种铺垫与伏笔后，故事的高潮也即将顺理成章地到来："前面的枪声，已响得稀落了。感觉上似乎天快亮了，其实还只是半夜。外边月亮很明，也比平日悬得高。前面又下来一个重伤员。屋里铺位都满了，我就把这位重伤员安排在屋檐下的那块门板上。"②屋檐下的门板恰好是新媳妇铺好百合花被子的地方，这显然是作者有意安排的一种巧合，目的是使新媳妇能够最早发现这位重伤员就是那个小通信员，进而促进故事情节自然向前推进。更重要

---

① 茹志鹃:《百合花》，作家出版社 1958 年版，第 85 页。
② 茹志鹃:《百合花》，作家出版社 1958 年版，第 90 页。

的是，放在屋檐下门板上的小通信员之处已经有意无意地形成一个较为独立的小空间，一方面其他众多伤员都集中在屋内的大空间中，而外面屋檐下相对形成一个较小的独立空间，这个小空间同样有利于删减不必要的细枝末节描写且便于在故事展开中把焦点再次集中到新媳妇与小通信员身上，便于突出"军民一家亲"的中心主题。如果小通信员被安置在屋里，那么其他伤员或更多人会来询问他的具体受伤情况，而且人一多还会导致场面变得杂乱吵闹，就无法凸显和揭示新媳妇见到重伤的小通信员后怀着崇敬悲壮的心情所作出的一系列举动。这个小细节的安排同样体现出作者的匠心独具与构思上的缜密。

　　作者还在新媳妇认出小通信员之前又设计出一个铺垫性的、同时带有解释性质的镜头："担架员把伤员抬上门板，但还围在床边不肯走。一个上了年纪的担架员，大概把我当作医生了，一把抓住我的膀子说：'大夫，你可无论如何要想办法治好这位同志呀！你治好他我……我们全体担架队员给你挂匾……'"[①]当"我"听到新媳妇短促的"啊"声之后，通过"我"的视线才揭开事实真相："我看见了一张十分年轻稚气的圆脸，原来棕红的脸色，现已变得灰黄。他安详地合着眼，军装的肩头上，露着那个大洞，一片布还挂在那里。"[②]等确认小通信员身份之后，再通过担架员的补充说明或曰解释，揭示出前者受伤的原因："我们十多副担架挤在一个小巷

---

①② 茹志鹃：《百合花》，作家出版社 1958 年版，第 90 页。

子里，准备往前运动，这位同志走在我们后面，可谁知道狗日的反动派不知从哪个屋顶上撂下颗手榴弹来，手榴弹就在我们人缝里冒着烟乱转，这时这位同志叫我们快趴下，他自己就一下扑在那个东西上了。……"[①]此处的省略号同样也是为了省略对战争残酷性的直接呈现，这由其清新俊逸的风格所决定。小通信员为保护其他战友扑在敌人扔的手榴弹上并被手榴弹重伤身亡的英雄行为，可与同时代电影《董存瑞》（1955）中的董存瑞、《上甘岭》（1956）中舍身炸敌人暗堡的通信员张亮（原型为志愿军特级战斗英雄黄继光）等时代英雄的英勇举动相媲美。这也成为当时文坛描写战斗英雄事迹的一种范式，并且深深烙印到读者的阅读期待心理中，因此读者们可以推断、预测出小通信员已经牺牲的悲壮结局，也使《百合花》中的省略与空白在逻辑上得以成立。

所以，"新媳妇又短促地'啊'了一声。我强忍着眼泪"[②]。这次新媳妇的"啊"显然包含着惊讶与佩服之情，她应该是没想到那个有些害羞倔强的、孩子气的"同志弟"会有这么勇敢的自我牺牲精神。小说正是在一层层的情绪铺垫中把故事推到高潮临界点的，即通过"我"的眼睛看到新媳妇带着一种庄严肃穆的、虔诚的神情来对待小通信员的遗体："我回转身看见新媳妇已轻轻移过一盏油灯，解开他的衣服，她刚才那种忸怩羞涩已经完全消失，只是庄严而虔诚地给他拭着身子，这位高大而又年轻的小通信员无声地躺在那

---

①② 茹志鹃:《百合花》，作家出版社 1958 年版，第 90 页。

里。……"① 此时一种神圣崇高的感情笼罩着作者和读者，因此小通信员前胸与肚腹处流血的、破烂狰狞的伤口自然再次被有意忽略和忽视，所有关注点均集中到新媳妇充满浓重象征意味的一举一动中。这也是《百合花》的高明之处——再次不动声色地省略了对血腥场面的赤裸裸书写。

前文已指出，新媳妇刚开始到包扎所的时候与其他青年妇女一样非常害羞和害怕，在"我"劝说后红着脸答应照顾伤员，不过也只愿打打下手。然而在此种庄严时刻，她却主动给小通信员擦脸、擦身及换上干净衣服，然后再认真地缝补他衣服上的那个破洞。新媳妇前后态度的转变不仅是小说运用对比手法的又一例证，更重要的是，在她前后态度转变的对比与对照中隐含着她在情感上发生的重大转变，这还可从她自觉自愿地把百合花被子盖在小通信员遗体上的举动看出。正是因为身负重伤的小通信员此刻已经成为保护战友生命而甘愿牺牲的一个英雄，而对战斗英雄的崇拜之情使新媳妇在感情升华后能够超越男女性别限制，所以在她的眼中，这位羞涩的、说话很冲的"同志弟"已经成为一种超越生理性别限制与世俗成见的象征物，是共产党军队勇敢无畏精神的一个典型代表，由此她的举动变成一种崇敬行为。从这个角度说，新媳妇作为广大人民群众中的普通一员（小说始终称呼她为"新媳妇"，没有告知读者关于她的名字），她也成为广大人民群众的象征与一个代表者。进言之，同样在小说

---

① 茹志鹃：《百合花》，作家出版社 1958 年版，第 91 页。

中没有出现名字的小通信员代表着广大部队战士或曰人民部队，与新媳妇所象征的广大人民群众之间建立起犹如亲人般的关系，也使军民之间亲密的鱼水关系在情感逻辑上得以成立。也正是因为军民之间拥有亲人般的、犹如兄弟姐妹间的亲密关系，所以新媳妇在后文中出现的一系列异常举动，包括坚持一针一针虔诚地为死者缝补衣服破洞："新媳妇却像什么也没看见，什么也没听到，依然拿着针，细细地、密密地缝着那个破洞。我实在看不下去了，低声地说：'不要缝了。'她却对我异样地瞟了一眼，低下头，还是一针一针地缝。"[①] 而且借此揭示出新媳妇心里的巨大悲痛。小通信员衣服破洞的再一次出现，也回应着前面已经铺设好的伏笔。由新媳妇缝补好这个破洞的细节，不仅实现了所讲述的革命英雄故事需要具有统一完整性的要求，而且还达到了强化军民鱼水情深厚程度之目的。

不仅如此，作者也没有忘记继续呈现出"我"与小通信员这两个部队战士在这短短大半天时间内结成如兄弟姐妹般的深厚友谊，所以"我"的心中同样充满悲痛与哀伤："我想拉开她，我想推开这沉重的氛围，我想看见他坐起来，看见他羞涩的笑。"[②] 这个细节描写符合人物的正常心理反应，也接续上了此前"我"与小通信员在路上同行及到老乡家借被子过程中所结成深厚战友情谊的描述。而且为进一步凸显战士们彼此之间结下的深厚友情及完善小通信员单纯美好的性

---

①② 茹志鹃：《百合花》，作家出版社 1958 年版，第 91 页。

格品质特征，作者还有意增加了这样一个细节："但我无意中碰到了身边一个什么东西，伸手一摸，是他给我开的饭，两个干硬的馒头。……"①这是神来一笔，不仅与之前小通信员要回团部时给"我"留下两个干硬馒头的细节描写相互呼应，而且至此小通信员始终对战友怀有真切关心，以及在危急时刻可为救他们舍弃自己生命的高贵品行均被圆满呈现出来，一个堪称尽善尽美的英雄形象由此得以成功构建起来，虽然他的身份只是部队中一位平凡的小通信员。而"我"与小通信员这两个普通战士之间的深厚情谊同样也是整个共产党军队官兵之间、战士与战士之间如同一个家庭中的亲人关系及兄弟姐妹般的战友之情的一种折射与象征。

在结尾部分，新媳妇眼含热泪将自己唯一的嫁妆，也就是那床百合花新被子铺到小通信员这位英雄的棺材中并盖住他的遗体："'是我的——'她气汹汹地嚷了半句，就扭过脸去。在月光下，我看见她眼里晶莹发亮，我也看见那条枣红底色上洒满白色百合花的被子，这象征纯洁与感情的花。"②整个故事到此戛然而止，军民亲如一家人的鱼水情谊也被定格在最高点，既是故事的高潮也是结束。这种方式属于结尾点题式，就像茹志鹃所写其他五六千字的短篇小说一样，经常在小说结局或是中间高潮部分出现"点题"或曰"题眼"。具体到这部小说来说，作者用"百合花"作为标题而不是用"百合花被子"，主要因为"百合花"更形象地象征着军民之

---

① ② 茹志鹃：《百合花》，作家出版社 1958 年版，第 91 页。

间纯洁而深厚的感情。如果它是用"百合花被子"作为标题，那么就失掉了这种美丽花朵所拥有的诗情画意与美好纯洁的象征寓意。

这个结尾还是故事的另一个小高潮。因为对于一部短篇小说来说，特别需要一个非常精彩的结尾，而且最好是既在意料之外又在意料之中的结尾。也就是指它既是对此前情节与叙事的一种承接、推进与继续发展，也在某种程度上是对前者的一种翻转或颠覆，当然是在符合行文构思逻辑的前提下。《百合花》的结尾亦如此。

概言之，《百合花》在构思安排与情节设计均颇为巧妙，通过三个人物与一条百合花被子的故事较完美地表现出了共产党部队战士之间如同兄弟姐妹般的亲情，以及部队战士与当地人民群众之间产生的亲人般的鱼水感情。加上对优美抒情风格的有意营造，使精巧的艺术形式与红色革命主题达到了较完美的融合。这些因素均成为《百合花》成功的原因，也是它在时代已经发生巨大变化的今天，仍然能够占据当代文学经典佳作位置的一个主因。

# 第二章

# "《红豆》情结"① 的文学史意义

## ——重读宗璞《红豆》

虽然茅盾在《谈最近的短篇小说》一文中认为短篇小说在篇幅上最好是五六千字，可是宗璞的短篇小说《红豆》全文共计一万八千多字，好在读起来比较流畅通顺且故事性较强，尤其是其中的爱情叙事更对读者具有阅读吸引力。它的主题情节比较紧凑，主要写了两件事情，一个是爱情，另一个是革命。那么当革命和爱情相互矛盾、互相冲突的时候，年轻的知识分子们应该如何进行选择？这既是那个时代个人所面对的道路问题，又是整整一代人所面临的命运选择，也是作者通过《红豆》要回答的一个核心问题。正如宗璞在1980年《〈红豆〉忆谈》一文中指出的，"在我们的人生道路上，不断地出现十字路口，需要无比慎重，无比勇敢，需要以斩断万种情丝的献身精神，一次次作出抉择……《红豆》写的也是一次十字路口的搏斗"②。

---

① 茅盾：《茅盾评论集（上）》，人民文学出版社1978年版，第163页。
② 宗璞：《宗璞文集》第4卷，蔡仲德编纂，华艺出版社1996年版，第306—307页。

从写作时间和背景看，宗璞在1957年发表小说《红豆》，此时还属于"百花文学"期间。这个阶段的文学作品可以写社会多方面的内容，与当代文学50—70年代的作品在总体格调上存在较为明显的区别。

当时认为，尽管《红豆》的女主人公江玫从一位单纯的女大学生最终转变为成熟的革命者，但是她在要爱情还是革命的抉择过程中非常犹豫痛苦与徘徊不决，不像同时代其他一些小说中所写的，当女革命者知道她的爱人与自己的思想观念不同以及政治追求迥异时，会坚决地与其分手。例如在杨沫1958年发表的长篇小说《青春之歌》中，当女主人公林道静失望地发现她的丈夫余永泽是一个贪生怕死的、自私胆怯的读书人时，毫不犹豫地离开他并投奔革命道路。而《红豆》中的江玫却不是这样，如果不是在1948年冬北京解放之前，恋人齐虹要坐飞机去美国留学而离开中国的话，两人之间剪不断理还乱的爱情相处方式大概还会继续下去，因为"一天，齐虹进城去了，直到晚上还没有露面。江玫忽然想，很可能他已经走了。走了，永远再也见不到他了。可是江玫一定还要再看他一眼，最后一眼！'齐虹！齐虹！'江玫几乎要叫出来，叫得全图书馆都听见。她连忙紧咬着嘴唇，快步走出了图书馆"[1]。虽然表明这部小说对恋人们之间的复杂纠结感情描写得非常细腻成功，生动地勾勒出了在历史潮流巨变背景下两个真心相爱然而却因人生道路选择不同必须面临分

---

[1] 宗璞:《宗璞文集》第2卷，蔡仲德编纂，华艺出版社1996年版，第27页。

手的年轻人互相关心对方又不能不相互折磨的痛苦心情，然而在中国当代文学50—70年代的社会背景之下，这部作品却因为出现诸多类似于上面列举的爱情细节描写而受到一些批判。

需要指出，《红豆》之后，宗璞在时隔几年之后又陆续创作出其他小说，如发表于1960年第十一期《北京文艺》的《桃园女儿嫁窝谷》、发表于1962年7月号《人民文学》的《不沉的湖》、发表于1963年《新港》2月号的《后门》、发表于1963年11月26日《人民日报》的《知音》等。这些作品在某种程度上延续、拓展了《红豆》中的一些内容主题、人物形象甚至是故事情节等，或曰它们在文学创作精神谱系上或多或少地继承并发展了《红豆》的故事。尽管宗璞在1992年的《自传》中曾评价这几部小说在思想内容上比《红豆》更"进步"："一九五九年下放涿鹿县温泉屯村，一九六〇年写出《桃园女儿嫁窝谷》，写的是富村、穷村之间的婚姻故事，被认为思想有进步。接着写了《后门》《不沉的湖》《知音》等篇。"① 然而实际上这几部作品与《红豆》之间均存在着潜藏隐秘的母题联系与关系，不能简单地仅用宗璞因生活面狭窄而导致创作中的某些因素重复出现等观点来进行解释和解读。②

在进入新时期文学以来，《红豆》重新被收入《重放的鲜

---

① 宗璞：《宗璞文集》第2卷，蔡仲德编纂，华艺出版社1996年版，第335页。
② 张磊：《宗璞〈红豆〉新论——从〈北归记〉反观〈红豆〉创作成败》，《文化与传播》2019年第4期。

花》一书中，这是"百花文学"作品汇编集。编者对《红豆》的评价侧重于爱情主题："《小巷深处》《在悬崖上》和《红豆》等写爱情题材的作品，作者是通过写这些所谓'家务事，儿女情''悲欢离合'的生活故事，借以拨动人们心中的'情弦'，歌颂高尚的革命情操，歌颂新社会；鞭挞自私自利的丑恶灵魂，批判旧社会。它们能发人深思，促人猛醒，引人向上。"[1] 主要因为这部小说的大部分情节是写这两个青年大学生从在学校琴房练琴相识开始，到萌发好感并相识、相恋，后因思想观点分歧互相争吵并不停地闹矛盾、复合，最后江玫因转向革命阵营而忍痛放弃与恋人一起去美国留学并选择留在国内等待新中国成立。这个故事的发展线索与叙事推进动力都非常详细清楚，并且情节前后连贯，因此在某种程度上可认为这是一部爱情悲剧小说。也正是因为作者详细地描绘出两人的爱情从开始到高潮，再到悲剧结局的一个完整过程，所以这部小说的篇幅达到一万八千多字。与没有描写爱情故事的《百合花》相比，它在内容主题和社会文化因素等方面也更丰富复杂。近年一些评论家和学者的研究成果同样延续了这种偏重爱情因素的说法，认为"红豆"作为贯穿这部小说始终的一个中心意象，在文中几次出现，也成为江玫与齐虹爱情悲剧故事的一个见证。[2]

---

[1]《重放的鲜花》，上海文艺出版社1979年版，"前言"第2页。
[2] 刘华：《有情人应成眷属：还小说〈红豆〉的爱情归宿》，《海南师范大学学报》（社会科学版）2008年第3期；郑新：《时代夹缝中的人性张力——浅析〈红豆〉的爱情话语》，《扬子江评论》2010年第4期。

　　《红豆》不但跻身成为中国当代文学的一部经典之作，而且宗璞在当时思想解放的大背景下再次激发出创作热情，陆续发表《弦上的梦》《蜗居》《三生石》等二十余部中短篇小说佳作。这些作品均具有宗璞小说创作的一贯文学特征，正如孙犁所评价的："宗璞的文字，明朗而有含蓄，流畅而有余韵，与细腻之中，任意调节。每一句的组织，无文法的疏略，每一段的组织，无浪费或蔓枝。可以说字字锤炼，句句经营。"① 而且其中部分作品在较宽松的社会语境中更是有意无意地接续上了《红豆》内容主题的某些方面及叙事发展。因此，如果把宗璞四五十年来的短篇小说创作贯穿起来，会发现《红豆》作为宗璞的成名作和一个成功起点，作品中的某些主题内容与因素不仅在 20 世纪五六十年代的小说中出现，而且在新时期之后所写的作品中同样也得到了重现。确切地说，在她后来不同时期的小说中均得到了某种呈现或是继续发展，可称之为一种"《红豆》情结"。这也是宗璞小说的一个独特特征。

　　"《红豆》情结"中最突出的一个体现是爱情因素的不断重现与重写，或许也是因为《红豆》中的爱情悲剧很可能来源于宗璞自身爱情生活中的挫折性体验。② 因此，江玫与齐虹的爱情故事在某种程度上具有原型的特征，尽管在后来不同的小说中出现了某些变异与变化。

　　具体到《红豆》中的爱情模式，"江玫知道这里面有多少

---

① 宗璞：《宗璞文集》第 4 卷，蔡仲德编纂，华艺出版社 1996 年版，第 453 页。
② 从宗璞《自传》可猜测，《红豆》中的爱情故事可能带有自叙传因素。

欢乐和悲哀。她拿起这两粒红豆，往事像一层烟雾从心上升起，泪水遮住了眼睛——。"这一段描写并非可有可无，说明多年之后，这段爱情对江玫的触动非常大，这一段人生经历依然深深地印刻在她的记忆当中。作者对江玫细微的神态和微妙的心理变化均写得非常生动形象，这样的开头也奠定了这部小说在爱情描写方面具有缠绵悱恻的基调。因此，两人的认识与相恋属于郎有情、妾有意的才子佳人模式。

"晚上，江玫从图书馆里出来，在月光中走回宿舍。身后有一个声音轻轻唤她：'江玫！''哦！是齐虹。'她回头看见那修长的身影。'你怎么知道我的名字？'齐虹问。月光照出他脸上热切的神气。'你怎么知道我的名字？'江玫反问。她觉得自己好像认识齐虹很久了，齐虹的问题可以不必回答。'我生来就知道。'齐虹轻轻地说。"可以说明两人彼此早已经暗生情愫，且两人的相恋是因为有着较相近的性格特征和共同的人生看法。例如齐虹从一开始就是一个置身于世俗现实生活之外的人，他的目光只关注自身及自身之外三尺的地方，而且那双长长的眼睛里"有一种迷惘的做梦的神气"。[①]而此时单纯快乐的江玫同样继承了母亲的清高气质："她非常嫌恶那些做官的和有钱人，江玫也从她那里承袭了一种清高的气息。"[②]同时，对钢琴的共同热爱也成为他们心灵彼此沟通的一个重要媒介和桥梁，使他们的相识、相恋变得顺理成章。

小说对两人恋爱过程的描写同样很详尽细腻与真实生动。

---

①② 宗璞：《宗璞文集》第 2 卷，蔡仲德编纂，华艺出版社 1996 年版，第 4 页。

最初，两人在学校琴房练完琴后经常会偶遇，只是偶遇的地点逐渐发生了微妙变化："本来总在那短松夹道的路上碰见他。后来常在楼梯上碰见他，后来江玫弹完了琴出来时，总看见他站在楼梯栏杆旁，仿佛站了很久了似的，脸上的神气总是那样漠然。"[①] 两人的交谈和交流来自当江玫总也弹奏不好贝多芬《月光曲》时，早就观察她的齐虹借机为她做钢琴弹奏示范动作，然后主动送她回家。这是他们两人第一次散步，也是两人边散步边谈论共同热爱的音乐与中西方诗歌的一个开端，更揭开了两人恋爱的帷幕。

两人感情升温并进入热恋状态，不仅体现在两人相识之后经常相遇的场合与散步的空间范围已经拓展到学校图书馆，而且两人在周末相约去颐和园春游时齐虹趁机抱住去玉带桥下水边玩水的江玫，表白自己的爱情："我救了你的命，知道么？小姑娘，你是我的。"[②] 江玫的反应是心中充满欣喜，大概这也是她内心早已经盼望的事情，只是少女的羞涩和矜持使她只能等待齐虹主动，因此此时"江玫觉得世界上什么都不存在了。她靠在齐虹胸前，觉得这样撼人的幸福渗透了他们。在她灵魂深处汹涌起伏着潮水似的柔情，把她和齐虹一起融化"。也是因为两人彼此之间拥有深切的爱情，所以虽然齐虹的形象可能被作者有意设置为在道德伦理和性格上存在诸多

---

① 宗璞：《宗璞文集》第 2 卷，蔡仲德编纂，华艺出版社 1996 年版，第 6 页。
②③ 宗璞：《宗璞文集》第 2 卷，蔡仲德编纂，华艺出版社 1996 年版，第 9 页。

缺陷①，如两人第一次散步时齐虹就通过自己的话显露出来这种自私自利和冷漠性格特征："物理和音乐能把我带到一个真正的世界去，科学的、美的世界，不像咱们活着的这个世界，这样空虚，这样紊乱，这样丑恶！"②加上同屋同学萧素——也是齐虹的同班同学，一直在不停地劝说江玫离开齐虹并与后者断绝爱情关系，然而齐虹和江玫之间的爱情却是真挚和深沉的，虽然这种牢固的爱情基础在后来逐渐成为江玫走向革命道路时的重要阻碍。伴随着齐虹在时代巨变的炮声中搭乘飞机赴美国留学，江玫的思想"转向"难题得到解决，然而两人不得不分手的爱情缺憾在小说结尾被遮掩，即同一革命队伍中的很多同志来看望江玫，他们的笑声打断了沉浸在悲伤爱情往事中的女主人公，在集体的力量中"江玫刚流过泪的眼睛早已又充满了笑意。她把红豆和盒子放在一旁，从床边站了起来"。③然而字里行间对过去恋情的留恋和不舍却非常明显，这大概也是《红豆》从新时期以来经常被看作爱情小说的一个主因吧。

男女相恋的结局，宗璞在《红豆》之后创作的多部小说中大概呈现出三种，体现出了爱情的复杂性。第一种结局是写于1979年、发表于1980年的中篇小说《三生石》中所写的爱情故事。假设齐虹在1948年冬天没有出国留学而是留在

---

① 何英：《〈红豆〉：历史逻辑中的审美生产》，《中国当代文学研究》2022年第3期。
② 宗璞：《宗璞文集》第2卷，蔡仲德编纂，华艺出版社1996年版，第7页。
③ 宗璞：《宗璞文集》第4卷，蔡仲德编纂，华艺出版社1996年版，第30页。

祖国与江玫一起生活和工作的话，那么他们可能会遭受的一些磨难与痛苦就是《三生石》中女主人公梅菩提与恋人方知所遇到的。然而后者却依然会克服种种困难情况结婚，他们最终勇敢地生活在一起，共同承担起生活中的愁苦以及分享人生中的欢乐，因为两个相爱的人结婚和结合正如同："两个正常细胞的力量结合在一起，不是加法，而是数字的无穷次方。"[①] 这也说明，有情人终成眷属既是作者始终怀有的美好愿望，也是任何外部反对力量无法阻止的。

"三生石"意象的内涵如同"红豆"一样，既是贯穿全文始终的爱情信物与象征，见证着梅菩提与恋人方知的相识、相遇、相恋和结婚，又是二人在生活磨难中坚定携手、坚贞不屈前进的折射。而且坚硬的三生石与易碎的红豆相比，更能经历苦难生活的风吹雨打和各种磨砺。这部小说中的梅菩提也曾在极"左"社会思潮中如江玫一样不断虔诚地改造自己的灵魂和思想，因此她也曾在爱情生活与择偶过程中迷失本性，一度被革命"硬化"了灵魂，她的择偶标准也发生变化："但是菩提在革命的热流里觉得数学家冷漠而笨拙，自己亟需改造思想，一切梦网、柔情都是小资产阶级情调，统统在改造之列，自然地便结束了来往。她逐渐患了灵魂硬化的传染病，冷静地衡量着亲戚、朋友介绍的特殊意义的'朋友'。这种介绍，其实是种计算。计算着双方得分是否大致相等，以免一方吃亏。大家都希望将要一起背负的人生行囊

---

① 宗璞:《宗璞文集》第 4 卷，蔡仲德编纂，华艺出版社 1996 年版，第 449 页。

中装满珍珠宝贝。这样菩提拒绝过许多人，也被许多人拒绝过，但这都是在'硬化'的情况下进行的，没有任何感情的波澜。"[①]然而在她患了癌症经常去医院治疗期间遇到二十年前就曾相识的医生方知时，后者高超的医术、治病救人的职业道德与善良、正直、真诚的性格，最重要的是他对大六岁的梅菩提的痴心真爱，都使菩提逐渐消融了"灵魂硬化"的症候并也逐渐爱上他，并回应了他的爱情。在方知委婉表白自己的爱情并希望能够和她结婚之后，梅菩提心里掀起情感的惊涛骇浪："她和他在医院里重遇，在手术刀下相知。他居然又抱着一块石头站在她面前，要把心灵的全部财宝交付给她。他们真能在泥泞的生活中互相扶持吗？哪怕脚下有深沟险穴，头上有闪电雷霆。"[②]之后两人虽然历经各种磨难，然而相知相悦的真挚爱情却最终降临在两人身上，梅菩提的"灵魂硬化症"也被方知的爱情治愈："是方知治疗了她的沉疴，在她僵硬的心中注入了活水。她又有了性命，她该怎样用这性命报答他，营养他，庇护他。其实这性命早已不属于她，而是属于他了。"[③]小说最后是两人最终冲破种种阻碍而结了婚。这大概弥补上了《红豆》中江玫与齐虹无奈分手的爱情遗憾。从这个角度说，《三生石》在事隔二十余年后圆了《红豆》中那对相爱恋人结婚和结合的梦，同时也弥补了喜欢后者的不同时代读者的遗憾。

然而，随着时代变化引发的作者思想变化，以及她对

---

①② 宗璞：《宗璞文集》第 4 卷，蔡仲德编纂，华艺出版社 1996 年版，第 395 页。
③ 宗璞：《宗璞文集》第 4 卷，蔡仲德编纂，华艺出版社 1996 年版，第 430 页。

爱情复杂性更加深刻的认识，江玫与齐虹的爱情在多年后的重写中可能还存在第二种结局，这也是由《红豆》中与爱情故事叙事并行的、江玫走向革命道路的成长叙事所决定。返回到《红豆》的故事中，从江玫返回母校工作的时间来推算，恰好是1956年的冬天，即正处于中国当代文学"百花文学"时期，也与这部小说的创作时间相吻合。小说用倒叙的方式指出八年前故事发生的社会背景："那正是1948年，那动荡的翻天覆地的一年，那激动，兴奋，流了不少眼泪，决定了人生的道路的一年。"相比《百合花》只描写了一天之内发生的故事，主题线索较简单紧凑，《红豆》的内容主题则相对丰富复杂，尤其是把爱情萌芽、发展和最终结束的爱情叙事与江玫从一个天真烂漫的、善良纯真的女大学生在同屋萧素与当时社会进步力量影响下逐渐转变为一名优秀共产党员的革命叙事结合起来，共同推进故事情节向前发展。而两个恋人之间因为政治信仰不同产生的矛盾冲突导致革命叙事在小说后半部分逐渐占据上风，那么爱情叙事的消退则成为必然结果，二人的分手和分离也就不可避免。作者宗璞在事隔二十多年之后再谈到《红豆》时也指出了二人性格上的冲突："《红豆》还想写人的性格上的冲突。这种冲突不是环境使然，而是基于人的内心世界……江枚和齐虹的政治立场不同，道路不同，只得分手。这牵涉到人的一部分内心。"不过，宗璞的这几句话，或许还受到当时文坛流行的"文学是人学""人性的复杂性"等观点的一些影响，因此她把男女主人公爱情悲剧产生的主要原因解释为二人性格上的冲突。

另外，宗璞在 20 世纪八九十年代对爱情的看法也颇耐人寻味。她在和台湾女作家施叔青的对话中曾提到对爱情的矛盾看法："爱情可以给人很大的力量，也可以有很大的伤害，要看当事者本身是强还是弱。我觉得生活、生命里爱情不是最重要的，必须给它恰当的位置，感情总应该受理性约束。如果感情满足又不需约束，那就是幸福了。"① 如果拿《红豆》中的爱情来对应这个观点，那么江玫和齐虹之间的爱情其实是受到理性约束的，即追求革命的理性约束。原因在于江玫内心对个人价值和生活意义的追求："我这简单的人，有时也曾想过人活着是为了什么。"② 这也成为推动江玫受到萧素影响之后走向革命之路的一种成长叙事动力。

如果《红豆》中江玫和齐虹的爱情故事延续到三四十余年后，也就是说他们两人在三四十年之后有机会在国内或是美国相遇，那么可能会出现什么情况呢？从宗璞创作于 20 世纪 90 年代的两部短篇小说看，很可能会出现两种结局。其中一篇是作者 1990 年重新捡拾旧的构思并发表于 1993 年的短篇小说《朱颜长好》。女主人公林慧亚和曾经的恋人琦曾于四十年前在美国旧金山的渔人码头分别，她当时返回中国。本以为两人很快就能在国内重聚，然而当时国内外形势却迫使两人多年来分隔两国且音信不通。从这个角度说，林慧亚的经历与江玫的很相似，两人深爱的恋人都远在异国他乡。

新中国成立后，社会历史背景的不断变化导致林慧亚不

---

① 宗璞：《宗璞文集》第 4 卷，蔡仲德编纂，华艺出版社 1996 年版，第 462 页。
② 宗璞：《宗璞文集》第 2 卷，蔡仲德编纂，华艺出版社 1996 年版，第 5 页。

能总是沉浸在天长日久的思念痛苦折磨中，她在改造自己的新生活与新环境中与另一个志同道合的男人结婚并组建家庭。而昔日恋人后来也在美国结婚生子，家庭很幸福美满。当慧亚在美国的渔人码头再次偶遇旧日恋人的儿子之后，她对往事充满留恋和伤感："在漫长的岁月中，她不止一次想过，也许哪一天在哪条街上遇见琦，她就跑过去跟着他走向天涯海角。后来这幻想被做妻子、母亲的责任压到心深处，消失了，变成了一个空空的填不满的角落。"①然而在故事结尾，虽然她在电话里再次听到心心念念的、时隔四十年时光恋人的声音时，"惠亚一直以为，再听见这声音她会晕过去，可是她没有，只是抓电话的手抖个不停"②，她明确拒绝了再见这四十年未见过的旧日恋人，因为她发现自己最终爱的或曰最终选择的还是与她一起回国并后来结婚的丈夫珉，虽然他早就因为意外事故长眠在环境恶劣的深山老林中："再一次电话响，惠亚下意识地拿起话筒。那边又是没有声音，良久。""慧亚放下了话筒，却忽然听见细微但很清楚的话语。'我在第二十八棵白桦树下面。'声音是从水晶球里发出来的。"③"第二十八棵白桦树下面"则是指埋葬丈夫与他们被雪压塌房子砸死的双胞胎孩子的坟墓。这个颇具魔幻色彩的结局表明，或许漫长的岁月时间与日常生活的点滴陪伴可以抚平惠亚与江玫她们内心深处的爱情创伤，可以开启一段新的爱情婚姻与全新的人生体验，即使多年之后她们内心深处依然保留着

① 宗璞：《宗璞文集》第 2 卷，蔡仲德编纂，华艺出版社 1996 年版，第 263 页。
②③ 宗璞：《宗璞文集》第 2 卷，蔡仲德编纂，华艺出版社 1996 年版，第 266 页。

对昔日恋人的那丝情感与眷恋。

然而，《红豆》里的爱情故事还存在另一种结局，体现在宗璞于1993年6月在《大公报》上发表的短篇小说《长相思》。这个故事以旁观者"我"的口吻讲述出来。"我"来美国后在费城见到了一直生活在这里的秦宓，我们已经阔别四十年没有见面了。见面后她认为"我"是受人所托来看望她的，这四十余年来她未结婚，一直在等待一个男子来寻找她并表白爱情："他们一句话没有交谈过，她却等着，等了四十年。"[①]"我"在和秦宓追溯生活在昆明的陈年往事中一点一点回忆可能与后者相恋的男子，然而却未果。在我们两人用晚餐时，她习惯性地在餐桌上摆上那个男子的碗筷，还认为他随时会推门进来找到她。此时"我"的感受是有点毛骨悚然："等一个不会来的人，有点像等一个鬼魂。天黑了，窗帘拉上了，遮住了山茱萸。我觉得屋里阴森森的。她可能喜欢这样的气氛，渐渐高兴起来。举起杯子对我表示欢迎。说我的到来是好兆头，证人都来了，本人还不来么？"[②]在之后的交谈中，她一直等待的那个白马王子由她自己揭开了谜底——"我"父亲的一个学生、国内著名数学家魏清书。然而后者早就已经结婚，且夫妻琴瑟和谐。但是当"我"告诉秦宓这个消息时，她却固执地不愿相信。

对于这一段周围熟人都觉得属于无尽头等待的无望爱情，如果真相揭露出来，即事实很可能是魏清书并不爱秦宓，那

① 宗璞：《宗璞文集》第2卷，蔡仲德编纂，华艺出版社1996年版，第283页。
② 宗璞：《宗璞文集》第2卷，蔡仲德编纂，华艺出版社1996年版，第284页。

么她可能会在精神上深受打击，因为："秦宓明白说了，她等的是整个世界，如果没有，她情愿要空气。她不需要替补队员什么的。因为痴心，她不承认不能得到是铁的现实，那就总还有些希望罢。哪怕这希望是虚幻的，是假的，是挂在木香花上一个已经破碎的梦。"[①] 当"我"返回北京后见到秦宓在美国一直苦苦等待的魏清书时，他们两人由于多年来迥异的社会生活环境及心态变化已经导致彼此的外貌存在重大差异："他看上去比秦宓老多了。秦宓是在一种静止的状态，她储着活力等待她那'整个的世界'。魏清书是很辛苦的，除了艰巨的脑力劳动外，那几年思想改造他也是身体力行的。"[②] 此时的魏清书已经成为一位六十几岁的、弯腰驼背的老头，更何况他早已经忘记秦宓及与她相关的诸多事情："魏清书觉得十分奇怪，他怎么也想不起世上有这个人。他记得一次在木香花前看见我，却不记得我身旁还有别人。他看见我手里拿着一个风筝。可是我从来没有玩过风筝，这是我童年、少年时代的重大遗憾。"[③] 多年前的记忆场景在曾经的当事人脑海中已经出现诸多差异，既说明人们记忆的不可靠性，也使这篇小说带有 20 世纪 80 年代兴盛的先锋派小说中某种神秘因素之色彩，同时又暗示人们在度过漫长的人生岁月过程中，可能会慢慢遗忘很多珍贵的记忆片段，而是只活在当下庸常的生活状态中。这是一种悲哀，不过在一定程度上或许也成为那个时代饱经痛苦的人们抵抗伤痛记忆折磨并得以生存下来的

---

① 宗璞：《宗璞文集》第 2 卷，蔡仲德编纂，华艺出版社 1996 年版，第 286 页。
②③ 宗璞：《宗璞文集》第 2 卷，蔡仲德编纂，华艺出版社 1996 年版，第 287 页。

一种无奈手段。

《长相思》的爱情故事发展至此，已经注定是一个悲剧故事，因为其中一方已经完全遗忘了另一方的存在。不过这个爱情故事并未戛然而止，而是继续推进：应"我"的要求，魏清书写了一封介绍自己家庭和婚姻爱情情况的信，还附上了两张家庭成员及夫妻二人的照片。"我"把这封揭示事情真相的亲笔信和照片都邮寄给在美国的秦宓。只是"我"依然有些担心她："不知她是否能逃出那荒唐的痴想。亲笔信和照片能动摇她四十年不回头的等待吗？"[①]在两周后，秦宓却专门从美国回到北京来找"我"，询问她所想知道的真相和"真话"，还荒谬地认为魏清书实际上已经死了。当电视台在第二天播出的早间新闻中恰巧出现大数学家魏清书的报道时，"奇怪的是秦宓并没有显出高兴或安慰，倒是眼圈红了，鼻子皱起来，使她那张平淡的脸看去很丑陋。她连忙用手绢捂住脸，低头不作声"[②]。之后她又很快离开北京并返回美国，并在美国继续着等待他归来寻找她的日常生活状态。这部小说在某种程度上可以看作《红豆》中江玫与齐虹这对恋人在1948年冬天分离之后，直到四十年后还有机会再次相逢情景的一种预测与折射。或许到美国学习之后的齐虹在四十余年时间的冲刷下也会彻底忘记江玫，而后者同样会在漫漫时间长河中遗忘了曾经的恋人。秦宓与魏清书的结局还可能喻示着，江玫

---

① 宗璞：《宗璞文集》第2卷，蔡仲德编纂，华艺出版社1996年版，第288页。
② 宗璞：《宗璞文集》第2卷，蔡仲德编纂，华艺出版社1996年版，第289—290页。

与齐虹的爱情既然已经在《红豆》中失去，那么即使他们在四十年之后有机会再次相遇，但是刻骨铭心的爱情在失之交臂之后再也无法重现和回到从前，人生的遗憾只能永远镌刻在他们的生命之中。

在《红豆》的革命叙事中，江玫能够成长为一名革命者显然与同屋同学兼好友萧素的方向引导与引领密不可分。《红豆》对萧素着墨并不多，一开始时是通过江玫的视角来观察这个在大学四年级就已经是一名优秀地下共产党员的女孩的："她总是给人安慰、知识和力量。"[1] 萧素的形象，拥有当时文学作品中共产党员普遍拥有的聪明、睿智、无私的特点，这些主要是通过江玫的感受表达出来的："她隐约觉得萧素正在为一个伟大的事业做着工作，萧素的生活是和千百万人联系在一起的，非常炽热，似乎连石头也能温暖。"[2] 她除了如一个知心大姐姐般地劝说天真单纯、善良可爱的江玫不要爱上自私自利的齐虹，更要远离后者及他的爱情，因为"可是这爱情会毒死你！"[3] 她还为了帮助江玫及后者病重的母亲去和几个同学一起卖血筹钱，然后拿卖血的钱给江玫的母亲治病。她此举主要出于一名共产党员对人民群众的责任心："但她不只是看见这一位母亲躺在床上，她还看见千百万个母亲形销骨立心神破碎地被压倒在地下。"[4] 她的这种雪中送炭行为解了

---

① 宗璞:《宗璞文集》第2卷，蔡仲德编纂，华艺出版社1996年版，第4页。
② 宗璞:《宗璞文集》第2卷，蔡仲德编纂，华艺出版社1996年版，第12页。
③ 宗璞:《宗璞文集》第2卷，蔡仲德编纂，华艺出版社1996年版，第20页。
④ 宗璞:《宗璞文集》第2卷，蔡仲德编纂，华艺出版社1996年版，第16页。

正与齐虹不停闹矛盾的、不愿意让男友帮忙出钱的江玫的燃眉之急，后者被深深感动："人常常会在一刹那间，也许只是因为一个眼神一个手势，伤透了心，破坏了友谊。人也常常会在一刹那间，也许就因为手臂上的一点针孔，建立了死生不渝的感情。江玫这时什么话也说不出来。她一下子跪在床边，用两只手遮住了脸。"[1] 这时江玫的感情已经完全倾向于萧素这边，也成为压倒江玫与齐虹之间早就埋藏不和隐患的爱情砝码之最重要的一根稻草，此后江玫不论是从感性情感还是理想选择上都加快了转变为革命者的步伐。因此她在面对满脸痛苦之色的齐虹恳求她与自己一起离开祖国去美国求学的关键时刻，能够硬起心肠用实际行动加以拒绝："江玫想说点什么，但说不出来，好像有千把刀子插在喉头。她心里想：'我要撑过这一分钟，无论如何要撑过这一分钟。'她觉得齐虹冰凉的嘴唇落在她的额上，然后汽车响了起来。周围只剩了一片白，天旋地转的白，淹没了一切的白——"[2] 同时证明萧素这个"革命导师"的成功。

由于《红豆》的主角是江玫，讲述的是她的爱情与革命事业相互冲突及她最终选择革命道路的故事，所以作为配角的萧素甫一出场就在性格特征上被定型，她既是完美的，在精神上"拯救"了江玫，使后者摆脱了旧我的局限并走向新的人生之旅与社会生活，又在某种程度上具有一定的类型化特征，自己独特的个性特征并不明显。那么此前她是如何成

---

[1] 宗璞：《宗璞文集》第2卷，蔡仲德编纂，华艺出版社1996年版，第16页。

[2] 宗璞：《宗璞文集》第2卷，蔡仲德编纂，华艺出版社1996年版，第29页。

长为一个学生共产党员的？江玫在新中国成立之后的1956年
被派回自己大学母校当一名干部，依据《红豆》所交代的萧
素结局，后者在新中国成立后当了中央台对世界广播中国声
音的播音员。这只是对萧素结局的一种泛泛交代，然而她在
新的岗位上是否继续发挥引导者的榜样作用，或曰是怎样继
续帮助周围人思想上进步？这些内容在《红豆》中均被省略。
不过，萧素这个人物形象与某些性格因素在作者之后创作的
作品中作为一个原型得以延续或继续发展。

　　发表于1962年7月号《人民文学》的短篇小说《不沉的
湖》由五封信组成，出现了一个萧素类的人物，那就是老徐。
这部小说讲述的是一个明眸善睐、长袖善舞的女孩苏倩因为
练习舞蹈时太刻苦而导致左腿骨折不能再练习心爱的舞蹈，
她一度非常沮丧消沉："我刚刚踏进舞蹈艺术的门槛，满心以
为，升堂入室，不过是时间问题。艺术的大门却在突然间对
我关闭了。我一生的道路断绝了。天地至大，我该往哪儿走？
我是一无所有了，没有腿，也没有心，因为我的心已经留给
了舞蹈。"[1] 然而经过周围同事的开导和自己的一系列思想斗
争，特别是团里的老徐用自己三十年前被敌人打断腿后安装
木腿现身说法，来引导和鼓励苏倩重新投入工作和生活。后
者也最终走出心理阴影并投入协助舞蹈团编导们整理资料排
练舞蹈的新岗位中，由此也实现了自己的人生价值。正如苏
倩所说的："你和诸葛都极关心我，却远不如老徐了解我。你

---

① 宗璞：《宗璞文集》第2卷，蔡仲德编纂，华艺出版社1996年版，第55页。

不会生气的,你自己也遇到过这样的党的工作者。他关心别人,了解别人,并不是因为这是他的职业,他的工作,而是因为这些就是他生命的一部分,是他性格的一部分,是他血肉的一部分。"①老徐对单位同事的热情无私帮助行为,可看成是《红豆》中的萧素于新中国成立之后在新工作岗位上继续发挥"引导者"作用与功能的一个折射和补充。

作者于1963年11月26日《人民日报》上发表的短篇小说《知音》,手法具有一定的实验性与创新性,主要通过三个人物的对话讲述出女主人公石青的人生故事。其中一个人物是大物理学家韩文施教授,宗璞的知识分子家庭背景和人生经历使她熟悉并擅长描写学院派学者的独特形象特征:"这位大物理学家有些特别的习惯。在他不想说话的时候,可以出神地看着请他说话的不管是什么人,一言不发,好似木雕泥塑。在他想说话的时候,他可以滔滔不绝地演说,哪怕没有一个听众。这时似乎是遇到后一种情况了。"②正是由韩教授的兴奋谈论引出了学校一个院系书记石青的故事。石青曾是他的学生,毕业于大学物理系,新中国成立前在校读书时,"她功课不错,但不是最好的,她不大用功,忙着搞学生运动,开会,事情多得很",从中可看出这个人物与萧素相识——都是物理系大学生且忙于学生运动。从他后面继续讲述的石青的故事中可知,在某种程度上她就是萧素式理想人物形象

---

① 宗璞:《宗璞文集》第2卷,蔡仲德编纂,华艺出版社1996年版,第61页。
② 宗璞:《宗璞文集》第2卷,蔡仲德编纂,华艺出版社1996年版,第79—80页。

的一种延伸和重现，描绘出的这个人物成长历程是在细节上对萧素发展、成长为一名优秀共产党员过程的一种具体描述和补充。

与萧素相比，石青的形象更加丰满生动。她非常聪明，音乐素养非常好，可以充满感情地弹奏出一首不有名的钢琴曲，与韩教授是音乐上的知音。石青在 1948 年到韩教授家里躲避国民党当局追捕期间，当后者从老师的角度劝说她"少搞点政治，多搞点科学"[1] 时，石青再次对他提到人活着的意义价值："您是以科学为生命的，您是不是考虑为什么活着？"[2] 在听到韩教授所说的为科学活着的答案之后，她直接表达出了自己的看法："可我觉得这好像有点悬空，这样我是活不下去的。天地都在翻覆，怎么能钻在实验室里？那门迟早会被打破的。"[3] 当三天后石青离开韩教授的家奔赴解放区之前，她再次和韩教授提出要求："您千万不要跟着国民党走——"[4] 这个牵涉到阶级立场和科学家道路选择的问题在《红豆》中只是隐约出现，大概因江玫只是一名天真单纯的在读大学生，只被具体化为不要跟自私冷漠的大资本家少爷恋爱，并没有面临必须选择共产党还是国民党阵营的尖锐矛盾。然而这些问题在时隔六年之后却成为《知音》的一个显性主题，既是由当时文坛流行的"千万不要忘记阶级斗争"的思想内容所决定，又把《红豆》中萧素始终劝说江玫离开

---

[1][2][3] 宗璞：《宗璞文集》第 2 卷，蔡仲德编纂，华艺出版社 1996 年版，第 81 页。

[4] 宗璞：《宗璞文集》第 2 卷，蔡仲德编纂，华艺出版社 1996 年版，第 82 页。

会"毒死"她的爱情直接提高到选择两个阵营的政治性高度。这或许也是拒绝跟着国民党一起去台湾的韩教授声称的"石青这女孩子，曾经三次救了我的命"[①]的原因——三次在政治立场上挽救了他的生命。同时导致这部小说的意识形态色彩比《红豆》浓烈得多，石青的形象同样也比萧素更生动。

而石青对韩教授的精神引导无疑非常成功，正如萧素引领江玫走上了革命道路，目的也是以此反衬出石青的人格魅力。为了呈现出韩教授的"转变"过程，《知音》有意把"我"设置为与石青曾为小学同学，这样顺理成章地使"我"成为听石青讲述韩教授参加土改工作期间发生巨大转变故事的倾听者。当韩教授由一个只关心科学实验的书斋式科学家转变为热心参加社会活动和政治工作的科学家之后，他扔掉了多年以来缠绕着他的失眠和咖啡并通过练太极拳等活动变得健康有活力："头很小，脸自然也不大，面色却红润，精神也饱满，他嘴里的那根烟斗，没有冒起一点儿烟。"[②]可说在精神面貌和灵魂上均获得了一种"新生"。从另一角度说，韩教授和《红豆》中的江玫都属于"被拯救者"角色，前者认为石青是自己的救命恩人从而明确表达出的感激之情也正是江玫隐藏在心中没有对萧素说出的，尽管她对萧素在潜意识中或许还保存着一丝敬畏，毕竟是因为萧素的精神引导导致她的初恋成为悲剧。与江玫相比，同样受到"拯救"的韩教授对石青这个党的光辉形象代表者却是完全信任和敬佩的，并

---

① 宗璞:《宗璞文集》第2卷，蔡仲德编纂，华艺出版社1996年版，第79页。

② 宗璞:《宗璞文集》第2卷，蔡仲德编纂，华艺出版社1996年版，第78页。

徜徉在她曾经允诺过的，也是她一直孜孜不倦追求的社会理想中："我要建设一个好环境，使祖国的科学更发达，使您的梦寐不忘的实验能够进行。"① 至此，萧素类的人物形象特点在石青身上得到补充和完美体现。

《红豆》中父亲与母亲的形象作为原型，也在之后创作的一些中短篇小说中得到重现并在性格上得到发展。如果说萧素作为外部力量引导江玫向革命转变，那么父亲与母亲的作用则是从内部精神层面督促了江玫的加速"成长"。进言之，《红豆》中出现的母亲与缺席的父亲形象（他们两人在象征意义上体现为一体两面，母亲是已经去世父亲的革命精神的传递者及子辈投向革命阵营的监督人），是从血缘传承关系上对江玫走向革命道路的精神内化起到主要引导和规劝作用，与萧素起到的外部导引力量相互补充。

父亲在《红豆》中的最初形象只是存在于已经上大学的江玫记忆中的一个模糊影子："在这一年以前，江玫的生活像是山岩间平静的小溪流，一年到头潺潺地流着，从来也没有波浪。她生长于小康之家，父亲做过大学教授，后来做了几年官。在江玫五岁时，有一天，他到办公室去，就再没有回来过。"② 这也是作者有意安置的一个伏笔，因为后来她通过母亲才知道，原来父亲是一位地下党员，一位英勇的革命者，他被敌人抓走并杀害，但是在此之前江玫一直以为父亲是因生病离世。父亲却并没有被遗忘，母亲作为把父亲革命

---

① 宗璞：《宗璞文集》第 2 卷，蔡仲德编纂，华艺出版社 1996 年版，第 82 页。
② 宗璞：《宗璞文集》第 2 卷，蔡仲德编纂，华艺出版社 1996 年版，第 3 页。

精神传递给下一代的一个中介和桥梁，她在女儿提到萧素被逮捕的话之后，触景生情地提到和萧素情况相似的父亲之死："十五年前，也是这样不明不白地就再没有回来。他从来也没有害过什么肠炎胃炎，只是那些人说他思想有毛病。他脾气倔，不会应酬人，还有些别的什么道理，我不懂，说不明白。"①江玫听后在思想感情上受到了很大震动，失声痛哭的母亲和父亲不应该屈死的念头也使她放声哭起来。冤屈死去的父亲不仅成为母女两人悲痛地泪流满面的引子，更重要的是父亲被敌人杀害这一事件还顺理成章地成为女儿将要投身到推翻万恶旧社会与旧统治革命道路的助推力，从伦理道德的制高点上提供合理性："难道还该要这屈死人的社会么？徬徨挣扎的痛苦离开了她，仿佛有一种大力量支持着她走自己选择的路。"也是在此刻，江玫心目中为革命事业献身的崇高父亲形象通过母亲的眼泪和控诉而建立起来，这也成为她后来能够拒绝和自己曾经认为"还从没有想到要忘掉"③的齐虹一起去美国留学的一个感情逻辑基础。

　　因此当齐虹找到江玫家中提出要她和他一起去美国留学的关键时刻，江母在留给两个年轻人讨论是否离开祖国问题的空间时，有意再次提到她的父亲，且对女儿说了一句意味深长的话："记住你的父亲。"④此时，江玫在感情的天平上已经倾斜于父亲与母亲这一边，她的回答成为经常被引用的经

①②宗璞：《宗璞文集》第2卷，蔡仲德编纂，华艺出版社1996年版，第24页。
③宗璞：《宗璞文集》第2卷，蔡仲德编纂，华艺出版社1996年版，第20页。
④宗璞：《宗璞文集》第2卷，蔡仲德编纂，华艺出版社1996年版，第25页。

典句子："'跟你走，什么都扔了。扔开我的祖国，我的道路，扔开我的母亲，还扔开我的父亲！'江玫的声音细若游丝，她自己都听不见自己在说什么。说到父亲两字，她的声音猛然大起来，自己也吃了一惊。"① 江玫主动在齐虹面前提到自己的父亲，利用理性的亲情力量来抵挡住感性的炽热爱情攻势。此处，江母成为祖国的一个具体化身与体现，而父亲的形象则象征着江玫个人的事业追求与人生价值意义。这也与小说开头部分中江玫所提到的"人生活着是为了什么"的追问相互呼应。

还有，江母为何以前不提其父及屈死真相，而等到这个时候再提呢？原因不仅在于江母所说的不希望从小丧父的女儿经常沉浸在"日子太沉重"② 的心理负担中，而且这也是中国当代50—70年代小说经常使用的一种情节范式——革命父辈精神通过遗言或遗物薪火相传，防止后代忘本或"变质"。在文学作品中通常表现为描写一位生活在新中国的革命者后代，他们沉迷于舒服的城市生活和丰富充足的物质生活，处在将要"变节"（陷入小资产阶级陷阱）或是"变色"（褪掉红色革命精神）的危险中。例如，20世纪60年代的话剧《年轻的一代》中的主人公林育生（寓意在敌人的监狱中出生）、《千万不要忘记》中的丁少纯等革命后代。那么如何促使他们认识到错误并幡然醒悟呢？从这个角度说，还有什么比为新中国成立献出宝贵生命的、作为革命者的父母的遗言

① 宗璞：《宗璞文集》第2卷，蔡仲德编纂，华艺出版社1996年版，第25页。
② 宗璞：《宗璞文集》第2卷，蔡仲德编纂，华艺出版社1996年版，第24页。

遗书更震动他们心灵的呢？当子辈们深刻认识到自己享受的是父辈们用鲜血和生命换来的胜利果实时，愧疚和悔恨一定会充满他们的内心世界，必然结果就是在一番精神洗礼中转变思想与改正错误，成为一名契合时代精神的社会主义"新人"。萧平的短篇小说《三月雪》中也有类似情节模式，不过不是死去父亲的遗物遗言，而是女主人公小娟的母亲刘云在牺牲之后留下的日记。所以当小娟这个十一二岁的、沉浸在失母悲痛中不能自拔的女孩，在周浩叔叔把母亲日记中对她的殷殷期盼告诉她之后，深受母亲革命精神鼓舞并继承母亲遗愿主动参加到革命斗争中，在新中国成立后同样顺利成长为"新人"。

宗璞在 1963 年发表于《新港》2 月号的短篇小说《后门》中，塑造出的母亲形象不仅仅是作为革命烈士的父亲革命精神的传递者，而且她自身就是社会主义时代精神的具体体现者。故事讲述的是有着班里中上等成绩的林回翠面临高考问题时，同班同学赵得志建议她这个烈士子女和本班钱伟芬一样，让母亲和学校说一说，推荐上军校。回翠虽然渴望上军校，却也因为了解母亲正直的性格而左右为难："这就是回翠现在的难题。据说军医的学习条件极好，比得上第一流的医学院。回翠就算顺利通过入学考试，也不一定考上第一流的，何况也有可能考不上。而说一说就可以上军医，这真是现成的机会。女军医，这也算是人民解放军了吧？穿上军装多神气！然而需要去说一说……妈妈肯么？"①意料之中地，母亲听后却拒绝了女儿的请求。她在质问女儿时特意提到已经去世成为烈士的丈夫："难道你爸爸流的血，是给你用来求照顾的吗？他们牺牲性命开辟的道路，是让你们走着这条路去钻后门吗？"作者借此提出一个更严峻的现实问题：革命后代是否可以利用自己父辈英烈的功绩为自己换取更多的特权和好处？也把子辈如何珍惜和继承发展革命父辈的遗愿并建设好社会主义国家的时代问题呈现在读者面前。

父母在朝鲜战场上牺牲而被母亲收养的弟弟也因为回翠向母亲提走后门之事对这个姐姐失望，而来要回此前他给姐姐的珍贵邮票。回翠心中充满悔恨交加的情绪："回翠知道，这时她在弟弟的心目中，是不配要这些邮票了。她觉得对不起弟弟，眼泪在眼里直转，她赶快把邮票找出来还给了弟弟，没有说一句话。"②第二天，钱伟芬被推荐上军校之事传扬开来，班里的同学鄙视之余都不再理睬她，后者灰溜溜的，在班集体中感到很难堪。这种情景使回翠的思想受到很大触动，母亲提到父亲的话又回荡在她耳边："回翠想，一定是大家知道了小钱走后门的事，大家还不知道她林回翠也想这么办来着。大家自然而然的憎恶，小耗子的脸色和小钱的神情，都使得回翠更觉得妈妈是对的了。'你爸爸他们牺牲性命，开辟的道路，是让你们走着去钻后门的吗？'是呀，应该走着这条路去建设社会主义，为大家谋求幸福，而要凭了爸爸的牺

---

① 宗璞：《宗璞文集》第 2 卷，蔡仲德编纂，华艺出版社 1996 年版，第 68—69 页。
② 宗璞：《宗璞文集》第 2 卷，蔡仲德编纂，华艺出版社 1996 年版，第 72 页。

牲去托人情，讲特殊，真是侮辱爸爸的牺牲，那是什么女儿呵！"①在回翠沉浸在悔恨徘徊情绪中时，母亲再次发挥了革命精神传递人的作用，可说代替了去世父亲的角色：她派弟弟来给回翠送回邮票，表达了对一时思想糊涂的回翠"应该帮助，不能打击"②的态度。在母亲和弟弟的帮助下，回翠此时也想通了，自己要依靠学习上的勤奋努力在高考中取得理想成绩并考上大学："她想，我们前程是好安排的，倒不是因为会钻营算计，而是因为我们能和坏的事物斗争，不管它是在外界，还是在自己思想里，是因为有这样的妈妈，这样的弟弟，还有我们的班，这样坚决……"③在母亲也专门打电话来和她解释并询问她是否想通时，回翠已经彻底想明白自己所要走的正确道路并放下思想包袱。故事的结尾是通过母亲的视角来观察女儿的成长与前程发展："她可能考上大学，也可能考不上，但无论她碰到多么艰难的事，都不会再想到去走后门，而不管她做什么，都会有远大的前程。"④

从以上分析可看出，通过父辈遗物或遗言的方式对子辈们的生活道路选择产生重要甚至是关键性的正面影响，虽然带有浓烈的理想主义色彩，却也体现出当时人们的一种普遍认识，即新中国成立后革命精神的传承与发展需要革命父辈作为楷模和榜样，也是从家庭血缘角度为年青一代人成长为社会主义"新人"提供了一种方式。

---

① 宗璞：《宗璞文集》第2卷，蔡仲德编纂，华艺出版社1996年版，第73页。
②③ 宗璞：《宗璞文集》第2卷，蔡仲德编纂，华艺出版社1996年版，第75页。
④ 宗璞：《宗璞文集》第2卷，蔡仲德编纂，华艺出版社1996年版，第76—77页。

概言之，以《红豆》为开端形成的"《红豆》情结"成为贯穿宗璞小说创作的一个重要艺术特征，这是作家心路历程的一种曲折呈现，说明深藏在作家心灵深处的某些情结与因素总是会不由自主地出现在不同时代的作品中，在多部作品中成为原型与范式，由此也成为作家作品的标志性特征。从这个角度说，这并不是作家的一种自我重复，反而是对人类生命与灵魂的执着摹写。重读《红豆》的文学史意义与价值正在于此。

# 第三章

# 中国"民族气魄"的矛盾与张力

## —— 重读梁斌《红旗谱》

　　河北籍作家梁斌于 1958 年发表的长篇小说《红旗谱》作为中国红色经典名作之一，近年出现了两极化的学术评价与争鸣观点：一类是从文学史角度对其艺术成就进行肯定与高度评价，如阎浩岗于 2009 年由人民出版社出版的专著《"红色经典"的文学价值》；另一类则持不同意见，主要以王彬彬的文章《〈红旗谱〉：每一页都是虚假和拙劣的——"十七年"艺术分析之一》为代表。这两类观点主要牵涉到对小说中人物形象塑造是否客观真实的问题，以及对"民族化""民族气魄"艺术问题的不同认识与理解。尽管它们都认同并肯定其中包含的红色主题与现代革命精神。以这两类观点为基础，有必要重新回溯进入 20 世纪 50 年代《红旗谱》创作与发表的时代背景中，重新解读、分析、评价这部红色小说中的人物形象特征与民族气魄问题，既要看到作者在追求"为中国农民写作"的文学理念中进行的创新性实践，可为当下中国红色小说创作提供某些借鉴与经验；又要看到它的文学成就早就得到海外学界承认的事实，亦是它拥有世界文学某些优秀因素的具体体现。

在 1960 年第二十三期《文艺报》文章《关于文学作品民族化问题——梁斌同志访问记》中，梁斌认为"民族化"主要包括几个方面："除了语言以外，文学作品的地方色彩，对于民族化，也是个要紧的问题。谈到这个问题，就要涉及文学作品的内容。要使文学作品的地方色彩浓厚，首先要熟悉人物，熟悉人物性格，熟悉人物的心理状态、精神面貌，熟悉人物的感情和表达感情的方法、生活方式、动作和语言，熟悉一个地区的地理人情、风俗习惯。这样，就能够帮助你写什么地方的人像什么地方的人，写什么行业的人像什么行业的人。"[1] 他还提出作家要熟悉当地人的风俗习惯，这也构成"民族化"的具体内容。这些观点均成为《红旗谱》为人所称道的、巨大文学成就的一个体现。

然而与 60 余年前相比，随着历史背景与时代精神的演变与变迁，阅读语境在今天发生诸多变化，读者个人欣赏品位自然随之发生变化，因此从形式结构的角度对《红旗谱》产生一些不同看法与争鸣，甚至进行质疑，都属于一种正常的学术现象。王彬彬在《〈红旗谱〉：每一页都是虚假和拙劣的——"十七年"艺术分析之一》中通篇列举《红旗谱》中的多个人物存在的缺陷与他们言行举止的失当，如"《红旗谱》，是一个基本上不会写小说的人写的小说，是一个不具备

---

[1] 刘云涛、郭文静等:《梁斌研究专集》，海峡文艺出版社 1986 年 5 月版，第 102 页。

起码的叙事能力的人讲的长篇故事"① 及"梁斌想象和虚构的能力，显然是十分低下的，因而，《红旗谱》全书，不妨说是由一连串的荒诞不经、前后矛盾的情节组成"② 等等。特别是对全书的第一部分，即"楔子"中的"朱老巩大闹柳树林"这一部分内容提出非常尖锐的批评："更离奇的是，朱老巩试过锋刃后又放下，赤手空拳上了大堤。一夜不睡，磨快了铡刀又磨利了斧子，不就是为了当有人砸钟时刀砍斧劈吗？而事到临头，却既不带刀又不携斧，真不知是怎样'想'的。朱老巩上堤后，对两个铜匠'猫下腰''压低嗓音'，这也匪夷所思。这本来应该是挺胸怒斥的。'猫下腰'难道更威严，'压低嗓音'难道怕惊动了谁？或者，猫腰低身，才更有英雄气概？……说句不客气的话，这样的朱老巩，不像是一个英雄好汉，倒像是一个脑子有些不正常的人。"③ 不仅如此，他也觉得小说人物严江涛在受到感动时抽抽咽咽哭泣的行为是不可思议和无法理解的："江涛就是再多愁善感，朱老忠、严志和和运涛的那些话，也只能令他眼眶湿润，或无声地流几滴泪吧，'两手抱住脑袋'，'趴在阶台上'，'抽抽咽咽'地哭，还哭个'不停'，也太不正常了。"④ 而且这部小说"前言不搭后语、上言不搭下语的叙述，极其有违常情常理的叙述，在《红旗谱》中是大量存在的"。⑤ 因此，王彬彬得出的一个结论是："其实书中的所有人物都小丑化了。"

王彬彬的观点具有一定的普遍性与代表性：人物塑造要

---

①②③④⑤ 王彬彬：《〈红旗谱〉：每一页都是虚假和拙劣的 ——"十七年"艺术分析之一》，载《当代作家评论》2010 年第 3 期，第 23—39 页。

符合典型环境中的典型人物标准，故事情节曲折紧张且充满戏剧性，一定要在残酷的敌我斗争中体现革命英雄人物不怕牺牲、勇于和敌人斗争的大无畏精神及精神上对敌人的蔑视，英雄人物的性格品质要倾向于高、大、全。这也是近年来一些抗日题材影视剧喜欢采用的一种方式与模式。

颇有意思的是，王彬彬的观点却非常契合1960年由崔嵬导演的同名电影《红旗谱》中的人物形象与故事情节设计。尤其是中等个子的朱老巩和其子朱老忠在电影中由高大威猛、身强力壮的崔嵬扮演，而小说中的冯兰池也由第一章中一个在身体强壮程度与武力值上都不输于朱老巩的恶霸地主，如小说中描绘的："冯兰池一听，脸上腾地红起来，恼羞成怒，猛地一伸手，揪住朱老巩的领口子。他瞪起大眼睛，唬人说：'朱老巩！你血口喷人，不讲道理！有小子骨头，来，试试！'冯兰池火起来，五官都挪了位置。把朱老巩从长堤上拽下来，拉到大柳树林子里，四十八村的人们围护着跟到大柳树林子里，两个人，一递一句儿，冯兰池满口唇舌掩盖，搁不住朱老巩利嘴揭发，翻着冯家老账簿子，一条一理儿数落，羞得冯兰池满脸飞红。他又把朱老巩从柳树林子拉上千里堤，四十八村的人们，也拥拥挤挤跟上千里堤。"①在电影中却成为一个尖嘴猴腮、身体瘦弱、面目猥琐并被高大正义的朱老巩一推就狼狈摔倒的地主形象，而且周围围观的老百姓也坚决地、斗志昂扬地保护在护钟的朱老巩周围并嘲笑着

---

① 梁斌：《红旗谱》，中国青年出版社1958年版第1版，第10页。

冯兰池一伙人的小丑嘴脸。戴锦华则以"一座意识形态的浮桥"[1]来比喻电影《红旗谱》，指出其革命叙事体现为："辛酸的济南探监之行成了朱老忠誓死跟定共产党的精神力量之源，并且在河岸旁与贾湘农的一席谈之间成了一名共产党员；大贵的归来与江涛的成长填补了运涛的空位；俯拍镜头中反割头税农民林立的红缨枪与铁锹镐头汇成的蔚为壮观的革命镜像；伪县长一脸惊恐、毕恭毕敬地摘下的帽子，冯兰池终于虚弱地跌倒在愤怒的农民面前，成了一种胜利的象喻性符号，并且以略显夸张的反应镜头（朱老明喜极而泣：'冯老兰，你也有今天啊！'）以及充满银幕的升腾而起的烈焰来强化高潮的到来。"[2]可以推测，如果王彬彬看过这部电影的话，想必一定会觉得电影剧本可以完全代替小说，因为前者可弥补、完善他在文章中指出的几乎所有缺点与问题。

如果进一步推导，比小说《红旗谱》晚几年出版的长篇小说《红岩》反而在行文结构安排、人物形象塑造等方面非常符合王彬彬这篇文章中的很多看法。换言之，《红岩》的出现可弥补他阅读《红旗谱》之后产生的诸多"遗憾"。《红岩》塑造出革命英雄的群像，其中最典型、最突出的一个英雄是江雪琴，即江姐。她被国民党反动派特务抓捕之后进行刑讯拷问，此时她大义凛然、毫无畏惧、不怕牺牲的高大完

---

[1] 唐小兵：《再解读：大众文艺与意识形态（增订版）》，北京大学出版社2007年5月版，第210页。

[2] 唐小兵：《再解读：大众文艺与意识形态（增订版）》，北京大学出版社2007年5月版，第210—211页。

美的革命者形象通过诸多细节描写得以体现。在《红岩》第十五章中，被关在重庆渣滓洞集中营的江姐再一次经受敌人的严刑拷打且她一如既往地坚贞不屈。这个过程主要通过被关在同一所监狱中其他同志的所见所闻间接表现出来："过了好些时候，人们听到了审问的声音：'你说不说？到底说不说？'"[①] 国民党特务气急败坏、卑鄙猥琐的形象带有当时流行的脸谱化特征："传来特务绝望的狂叫，混合着恐怖的狞笑。接着，渣滓洞又坠入死一般的沉寂中。"[②] 与之相对的，则是革命英雄江姐大义凛然、沉稳安定、充满浩然正气的声音及正面形象："听得清一个庄重无畏的声音在静寂中回答：'上级的姓名、住址，我知道。下级的姓名、住址，我也知道……这些都是我们党的秘密，你们休想从我口里得到任何材料！'"[③]

江姐沉静、安定的语音，使人想起了她刚被押进渣滓洞的那天，她在同志们面前微笑着，充满胜利信心的刚毅神情。听着她的声音，仿佛像看见她正一动也不动地站在刑讯室里，面对着束手无策的敌人。可是江姐镇定的声音，并不能免除同志们痛苦的关切。

江姐在遭受一夜酷刑之后昏迷，并被两个特务拖出刑讯室送到女牢。如果说此前她遭受一夜审讯期间传出的坚定声音已经激起读者来想象她崇高的意志品质，那么此时则借助周围人的视线直接呈现出这个女英雄坚强乐观的精神风貌，

---

①②③ 罗广斌、杨益言：《红岩》，中国青年出版社 2018 年第 1 版，第 310 页。

也成为该章中的一个小高潮："一阵高昂雄壮的歌声，从楼八室铁门边最先响起。江姐在歌声中渐渐苏醒了。她宁静地聆听了一下，缓缓地抬起她明亮的双眼，像要找寻这歌声发出的地方。目光一闪，江姐仿佛发现了从楼八室传来的，许云峰的信任与鼓舞的眼波。战友的一瞥，胜过最热切的安慰，胜过任何特效的药物，一阵激烈的振奋，使她周身一动，立刻用最大的努力和坚强的意志，积聚起最后的力量，想站定脚步。她摇晃了一下，终于站稳了。"[1]监狱战友的歌声及充满信任与鼓舞的眼神由此成为江姐的精神针剂，不仅治疗着、抚慰着她伤痕累累的受损身体，而且赋予她瞬间拥有站起来自己走路的神奇力量："头朝后一扬，浸满血水的头发，披到肩后。人们看得见她的脸了。她的脸，毫无血色，白得像一张纸。她微微侧过头，用黯淡的、但是不可逼视的眼光，望了一下搀扶着她的特务。像被火烧了一下似的，她猛然用两臂摔开了特务，傲然地抬起头，迈动倔强的双腿，歪歪倒倒向女牢走去。'呵——江姐！'大家禁不住喊出声来。"[2]然而经过多次严酷刑罚拷问的江姐毕竟还是血肉之躯，尽管精神上的坚强不屈给予她苏醒并站起来力图走向牢房的巨大力量，然而为了符合她身体的客观情况并再次突出敌人的凶残狠毒，那么描写江姐再次陷入昏迷则是最真实的，也是最好的选择："可是，江姐只跨了几步，便扑倒了。蓬乱的头发，遮盖着她的脸，天蓝色的旗袍和那件红色的绒线衣，混合着斑斑的血

---

①② 罗广斌、杨益言：《红岩》，中国青年出版社2018年第1版，第314页。

迹⋯⋯"①

　　这类慷慨激昂、充满悲壮感的细节描述，通常都洋溢着理想主义精神与完美的革命道德伦理思想。当我们阅读这些故事情节时，显然会非常钦佩江姐等革命者不怕牺牲、宁死不屈的精神，同时对敌人，更具体的是国民党反动派的穷凶极恶与凶残手段非常憎恶，由此激起关于他们必然会走向灭亡的道德情感。然而从中国当代文学追求创新性的角度说，当所有的英雄人物都变成《红岩》中江姐类大无畏的、时刻准备为红色革命献身的革命者，这也是最具有典型范式意义的革命英雄形象，加上充分展示出他们有意无意地带有浓厚表演色彩的、如同电影分镜头的诸多细节，同时情节叙事中往往充满生死考验的戏剧性冲突、较为曲折动人的故事性与可读性，那么雷同化、模式化就会成为席卷文坛的通病。之后出现的"文革"文学在某种程度上又强化、加深了这种模式化的、固定化的创作思维范式与知识结构的定型，这也成为"文革"文学一直被学界诟病的一个主因。因此如果把《红旗谱》重新放到20世纪50年代文坛中，那时流行的写作方式是广大人民群众喜闻乐见的"民族形式"与"民族气魄"，这也是毛泽东在1942年的《在延安文艺座谈会上的讲话》中一直要求与践行的文学理念。梁斌曾在1958年发表的文章《我怎样创作了〈红旗谱〉》中说明自己在选择"民族形式"时煞费苦心："我时常在想着，怎样才能使这部小说成为

---

① 罗广斌、杨益言：《红岩》，中国青年出版社2018年第1版，第314页。

'喜见乐闻'的艺术创作。我选择了古典文学的传统手法，在章法结构上，不脱离民族形式。语法结构上不脱离现实，尽可能写得通俗易懂。我是以有文化的农民及村级干部为对象写的。使有文化的农民看得懂，没有文化的农民听得懂。在我目前的创作能力来讲，这是一种奢望，还不能达到这样高的水平，但我坚决努力，这是我创作的方向。"[1] 即《红旗谱》设定的理想读者是识字的、有一定文化程度的农民，可说体现出的是贴近农民理解能力与阅读水平的"农民写作"方式及以之为基础的"民族气魄"。从这个角度说，以王彬彬为代表的部分读者与批评家对《红旗谱》的完全否定与指责过于简单化和理所当然，一方面，说明他因出身知识分子家庭而对新中国成立前河北农民的日常生活、风俗习惯与观点看法等缺乏一种感同身受的理解与情感共鸣；另一方面，他没有看到，或曰忽略了《红旗谱》在当时文坛所追求与体现出的一股文学创新精神与独特性。尽管一切历史都是当代史，一时代有一时代之文学批评，但是却并不意味着要用今天主流的文学写作模式来套用或衡量六十余年前的文学作品的优劣，否则古典名著《红楼梦》也只是一部内容烦琐冗长的、封建贵族日常家庭生活的记录册而已。

王彬彬的这篇文章还揭示出广泛存在于部分中国读者中的、一个延续至今的深层文化心理结构：尽管从 20 世纪 70 年代末开始的新时期文学历经 90 年代后新时期文学时期，直

---

[1] 刘云涛、郭文静等：《梁斌研究专集》，海峡文艺出版社 1986 年 5 月版，第 15—16 页。

至发展到今天所谓的进入全球化后现代文化的阶段，时间已经过去四十余年，然而对中国红色文学经典的阅读接受、理解水准与评价标准却更多地停留或曰保留在 20 世纪六七十年代的"革命样板"作品的水平。更严重的是，他们的阅读心理结构也并没有跟随时代的发展进步而进入当下社会文化所宣扬的"多样化""多元化"的解读方式与方法论思维，对小说《红旗谱》显然缺乏一种更宽容的学术态度，更缺乏批评家们所推崇的对作品要持有一种"同情心"的鉴赏家姿态。从这个意义上，学界近年兴起的"重回 80 年代"文学与文化思潮应该进一步前推，需要重返 20 世纪 50 年代的文学与文化场域重新解读、阐释当时出现的红色文学作品之文学成就。

只有重返 20 世纪 50 年代文坛与文化思潮中，回到梁斌所经历过的、又在回忆的基础上经过文学加工得以重现的、中国红色革命开始艰难开创与坎坷发展时期的原初场景，才能理解《红旗谱》中朱老忠、张嘉庆等英雄人物形象的特点及地主冯兰池的性格特征，以及红色革命故事折射出的特定时代精神。进言之，从文学追求独创性的角度说，小说中的英雄形象并非都是江姐这一类随时准备为革命事业牺牲的高大全式的英雄形象，还有另一类拖家带口的、带有自己特殊性格特征并具有某种缺点的英雄形象。具体到生活背景与文化知识程度上及乡村伦理道德的角度，《红旗谱》中的英雄与正面人物，基本特征都属于土生土长的农民，带有农民的性格特征，即使是成为一名共产党员，也依然带有"农民党员"的诸多特点。这与梁斌是农民出身的作家身份密切相关，加上他特别推崇赵树理小说中对山西农民生活的传神描写并模仿、吸收和借鉴其优秀因素，因此一定程度上甚至可说他是赵树理在20世纪50年代的一位传人。

朱老忠就是典型的"农民英雄"形象。梁斌在文章《漫谈〈红旗谱〉的创作》中指出他已经有意拔高、完善朱老忠这个农民拥有的"英雄品质"："使他成为有勇有智，使他成为更加理想、更加完整的人物……也因为如此，我把原来朱老忠的火暴脾气改掉了。我认为，即使现实生活中的英雄人物有些缺点，在文学作品中为了创造出一个更完美的英雄形象，写他没有缺点是可以被允许的，我想这不会妨碍塑造一个英雄人物的典型。"①这也是梁斌顺应20世纪50年代文坛要求塑造出较完美英雄人物的一个体现。

朱老忠形象的真实生动及他性格中带有的中国古典英雄侠义精神，同样赢得了海外学者的认同与肯定。美国华人学者黄胄于1973年在英国出版的英文专著《作为生活反映的中国当代小说中的正反面人物》（或译为《共产主义中国的英雄与恶棍——反映生活的中国当代小说》，英文标题为 *Heroes and Villains in Communist China：The Contemporary Chinese Novel as a Reflection of Life*）的第二章"论《红旗谱》、《播火记》的人物塑造"（翻译者为尹惠珉），称赞朱老忠形象既贴合中国北方农民的性格特征，又不乏英雄人物的品质："以古典小说为借鉴，梁斌塑造了一个坚实的、有血有肉的农民

---

① 刘云涛、郭文静等：《梁斌研究专集》，海峡文艺出版社1986年5月版，第30—31页。

英雄朱老忠的形象。这个人物的基本品质，诸如忠诚、直爽、吃苦耐劳等，可以在一般农民身上找到，但还有另一些品质，如非常的慷慨、坚强、勇敢等，却是普通农民身上少有的。"① 黄胄还特意指出梁斌有意把朱老忠塑造成一个不识字的、带有诸多农民特点的且具有一定辨识度的英雄形象："作家很懂得英雄和党员的区别。通篇近一百万字的小说中朱老忠始终是个农民英雄，虽然在反割头税运动以后他已经入了党。"② 所以书中在描写这个英雄的言行举止时又与江涛等受过学校教育的年青共产党员区别开来，是一个真实可信的农民英雄形象。

另一个英雄人物张嘉庆身上的农民特征又与朱老忠不同，也由他特殊的家庭出身与人生经历造成。他尽管是乡村大地主的儿子，却因带领农民抢收自家与其他地主家的庄稼而与父亲决裂，之后又考进保定二师去学习并加入共产党。他脱离地主阶级的一个主要原因在于他的亲生母亲是被买来的丫鬟，名义上是他地主父亲的姨太太和小老婆，可是白天和长工一样下地干活，晚上还要喂食牲口，在地位上相当于一个被地主雇佣的农民长工。他受母亲的影响从小就和那些穷孩子及长工、佃农等在一起生活与玩耍，对农民的苦难生活和艰辛劳动非常了解，同时也充满同情心。这种经历在他身上

---

① 刘云涛、郭文静等:《梁斌研究专集》，海峡文艺出版社 1986 年 5 月版，第 355 页。
② 刘云涛、郭文静等:《梁斌研究专集》，海峡文艺出版社 1986 年 5 月版，第 356 页。

同样打上乡村农民生活的诸多烙印。与同为农村家庭出身但经常去保定二师女校学生严萍家里串门且与后者相恋的江涛相比，张飞式性格莽撞的、感情粗线条的张嘉庆在江涛的带领下第一次见到严萍时，她作为一个城市女孩落落大方的、略带知识分子腔调的问话与举动反而让张嘉庆非常不习惯并产生了紧张感："张嘉庆一见到严萍，悄悄地把眼光避开。他住在小城市里，没接触过女人，今天遇到严萍，不敢正眼去看。视线一碰到严萍的眼睛，觉得她眼里射出来的光芒，像锥子一样尖锐，好像隔着胸膛，能看透别人心血的吞吐。张嘉庆像一只被苍鹰拿败了的百灵，把脑袋钻在翅膀底下，再也不敢鸣啭。像有千丈长绳缠在身上。其实是，严萍一见到江涛，就心上高兴，脸上泛出明媚逼人的光辉。"① 不仅如此，已经习惯乡村质朴的、充满土地气息的张嘉庆在看到严萍照片与她出于礼貌为他们倒水、点烟时的反应是："墙上挂着一个银色的镜架，是严萍的放大像。她学着电影明星的姿态，仄起脸儿在笑。嘉庆一看，挺不喜欢这种姿态……嘉庆想，这是什么女人的作风？"② 他的心理活动与举动符合他的身份地位，同样无损于他作为一位农民英雄的优秀品质。

　　至于地主冯兰池的形象，也是有血有肉并具有自己独特的性格特征，属于独特的"这一个"。这个生长在乡村的恶霸地主尽管好色，主要是在后面章节中出现在已经六十多岁的冯老兰身上："冯老兰早就看上春兰。在乡村里，谁家姑娘一

---

① ② 梁斌：《红旗谱》，中国青年出版社 1958 年版第 1 版，第 344 页。

出了名儿地好看，他就像猪八戒，喷着鼻子，闻着香味儿找了来。这老家伙，从表面上看，是个'古板'的老头子，实际上是个老色鬼。"[1] 他被描述成一个老色鬼的形象，其中一个目的显然是突出并呼应小说开头就已经定位好的文化身份："平地一声雷，震动了锁井镇一带四十八村：'狠心的恶霸冯兰池，他要砸掉这古钟了！'"[2] 不过他又是一个喜欢养鸟且会种地的乡村地主，他曾与儿子冯贵堂发生争吵，嫌弃后者不知道哪块地适合种玉米、哪块地适合种棉花，丢掉了庄稼人的本分。因此他并非《白毛女》中黄世仁式只知道抽鸦片的、欺压玩弄丫鬟且手无缚鸡之力的瘦弱狠毒地主的形象，他反而拥有较强健的身体，使他在愤怒之时可把体格结实的朱老巩拉到堤坝上又拉下来，这个细节描写具有逻辑上的合理性与可信度。这个地主形象可与丁玲在长篇小说《太阳照在桑干河上》中塑造的同为新中国成立前河北省中的多种地主形象——既有无恶不作、死不悔改的恶霸地主，也有老实接受改造的小地主等不同人物——相互对比与对照，从中可看出冯兰池的性格并不单薄扁平，而是属于具有一定丰富性的"圆形"人物。

《红旗谱》在如实客观地反映出河北冀中平原20世纪上半叶农民性格心理与当地农村风俗习惯等、体现出中华民族风格与民族气魄方面亦值得称道。梁斌在《漫谈〈红旗谱〉的创作》中还专门谈到小说中出现的诸多民情风俗及写作目

---

① 梁斌：《红旗谱》，中国青年出版社 1958 年版第 1 版，第 126 页。
② 梁斌：《红旗谱》，中国青年出版社 1958 年版第 1 版，第 1 页。

的:"比如运涛一生下来,老奶奶在窗前挂了一块红布,小说中写朱老忠还乡,一家围在严志和家炕上吃饭,饭菜的样式,都是根据当地生活习惯等。我为什么写这些生活气氛、生活细节呢?一来叫读者看了,觉得真实,觉得亲切。再就是为了通过这些东西透露中华民族的生活风貌和精神风貌。"[①] 这类例子在《红旗谱》中比比皆是。例如在第六章中,春兰来邻居严志和家看刚刚从关东返回锁井镇的朱老忠一家人的情形。其中春兰这个农村少女的举动与其他人的言谈举止都极富当地乡村特色。春兰先是在门外借口来找严运涛走进严志和家中,在听到运涛不在家时就直接说出目的:"那闺女笑了一声,说:'我来看看你们来的客人。'一溜说,一溜跑,小跑溜丢儿跑进来。"[②] 当她看到朱老忠的妻子,即小说中的贵他娘之后提出:"我得上你们屋里看看去。"[③] 而贵他娘同样热情好客,看到这个令人喜欢的大闺女后就回答说:"看去吧,门上又没有绊脚绳。"[④] 此处一个活泼可爱、娇憨大胆的农村女孩形象跃然纸上。而农村人家中只要来人,邻居乡亲等都会来凑热闹看看,既是一种风俗习惯,在农村也是很常见的一种生活方式,体现出浓郁的中国乡村特色。

概言之,置身于 20 世纪 50 年代的文学场域中重读《红旗谱》,会发现这部小说虽然在艺术手法上存在某些缺陷,例如,因为过多借鉴和吸收《水浒传》等中国传统小说手法因

---

① 梁斌:《红旗谱》,中国青年出版社 1958 年版第 1 版,第 41 页。

② 梁斌:《红旗谱》,中国青年出版社 1958 年版第 1 版,第 50 页。

③④ 梁斌:《红旗谱》,中国青年出版社 1958 年版第 1 版,第 51 页。

素，所以没有运用传统现实主义手法中"夹叙夹议"的解释性、说明性句子勾勒出人物复杂的心理活动，像第一章中朱老巩为保护铜钟打磨铡刀与大斧子，如果此时增加对他复杂心理活动的描写性句子：他虽然磨快了铡刀与斧子，但是却不想闹得太僵且闹出人命，因此一开始他听到儿子报信说有人砸钟后，只是空手去和砸钟人讲道理。只有当他发现讲道理无法奏效后，才再次返回家中取来大刀准备拼命。如果如此写的话，他的这两次行为就具有心理逻辑上的合理性，那么王彬彬的批评也就失效。但是从另一个角度说，正是因为梁斌坚持在《红旗谱》的创作中描写出真实可信的农民英雄形象，以及描绘出北方农民原汁原味的风俗习惯与乡土思维方式等具有民族气魄与民族心理特征的革命叙事，他笔下的朱老忠、严志和、贾湘农、张嘉庆、冯兰池、冯贵堂等人物形象才活灵活现并具有持久的艺术生命力，使该书还在海外文化界得到传播且产生了一定影响。这不仅印证了鲁迅的观点——越是民族的，就越是世界的，更是在当下社会重读《红旗谱》后给予我们的最重要启示。

# 第四章

# 现实主义美学的表征

## ——萧平小说论

　　中国当代山东作家萧平（1926—2014年），又名肖平，原名宋振初，本名宋萧平，胶东地区乳山人。他在山东师范学院（山东师范大学前身）中文系毕业后分配到绥远工作几十年，对家乡的思念之情使他在20世纪50年代写出了儿童文学短篇小说《海滨的孩子》，并发表在《人民文学》1954年第六期。萧平以此为良好开端开始文学创作生涯，到"文化大革命"爆发后停笔，其间陆续发表了《三月雪》《玉姑山下的故事》《秋生》《除夕》《圣水宫》《养鸡场长》《锁柱的星期日》《两只大雁》等短篇小说，在20世纪50—70年代的中国文坛产生了较大影响，也深受广大读者喜爱。其中《海滨的孩子》曾荣获第二次全国少年儿童文艺创作一等奖，还被联合国教科文组织选入《亚洲当代儿童小说选》。《三月雪》在1960年首次被拍摄成电视连续剧，后又被重拍，成为献给中国共产党建党八十周年的礼物。萧平这段时间的作品虽然不多，却是他前两个创作阶段的代表作及胶东红色文学的重要代表作[①]，同时奠定了"萧平式"的风格特点："清新的风格，生活气息浓厚，具有抒情气息，重视现实主义文学的真实性。"[②]并在他五十余年的创作生涯中贯穿始终。

1971年，强烈的思乡之情使萧平从内蒙古师院（内蒙古师大的前身）调到烟台师专（鲁东大学前身）中文系任教。作家张炜在文章《烟台有萧平》中回忆自己在1978年到该校读大学时，他们这些学生对萧平小说的崇拜和受到的深刻影响："读过了《三月雪》《玉姑山下的故事》《海滨的孩子》等小说名篇，常常想象着作者是什么样子。很多同学刚能读懂文章时就读了这些作品，心中留下了永难磨灭的印象。诗一样的篇章，洁净隽永的文笔，给我们这些后来做了文字工作的人以永久的滋养。"[③]而萧平重新焕发创作活力的时间恰好是1978年，他在业余时间又不断创作出新的中短篇小说佳作。从1978年到2005年这一时间段，萧平除了创作出儿童短篇小说与童话《孩子和小猫》《令子》《小布谷鸟》《阴山风雨夜》《六一节里的风波》等作品，还创作了讲述成人世界故事与时代变革的现实故事的小说，像《墓场与鲜花》《陵园守墓人》《翡翠鹦鹉》《瑜伽大师与他的徒弟》《拉拉环》《春闺梦》等，同时发表了中国历史中篇小说《长乐之枭》。萧平一生共计创作四十几部中短篇小说，该阶段占据四分之三还多，其中1978年发表的《墓场与鲜花》获全国首届优秀短篇小说

---

①② 可参考陈爱强、张清芳《胶东红色文学研究》（中央党史出版社2015年版）中的相关观点。

③ 张炜：《烟台有萧平》，《时代文学》2013年1月上半期。

奖，1994 年发表的《翡翠鹦鹉》获第六届百花奖，均使他的
小说创作再次受到世人瞩目。作为一名现实主义作家，而且
是业余作家，萧平在不断拓宽、深化现实主义的内涵与外延
的同时，又在一定程度上突破窠臼限制而追求语言形式结构
上的创新，在追求真善美的、具有丰富历史内涵的内容主题
中吟唱着社会美、人性美、艺术美之歌，使其成为中国当代
现实主义代表性作家之一。

　　具体到萧平的小说创作中，其创作时间前后跨越五十年，
内容题材可划分为四类，分别是革命历史小说、童年童趣的
儿童小说与童话、伤痕反思小说及反映当前社会现实生活与
现象的社会现实小说。[①]这些作品不但注重故事中人物的心理
变化，用诸多细节描绘出人物真实的心理发展过程，而且擅
长使用对比手法，不论是新旧社会的对比、同一人物命运的
前后对比、不同人物性格命运的对比，还是人物儿时的单纯、
倔强心理与多年后的饱经风霜、历经沧桑相对比，目的均是
使人物形象变得生动可信、血肉丰满，使故事内容变得更为
丰厚与丰满，由此也使每部作品都包含着丰富多彩的社会历
史内容及两个或多个故事主题。

　　萧平的革命历史小说代表作《三月雪》发表在 1956 年的
《人民文学》第八期，作者以对已牺牲的、埋葬在名为"三月
雪"的树旁的革命战友刘云的怀念情感激发起的回忆为契机，
讲述发生于 1943 年的那段革命英雄事迹。这种以回忆导入故

---

① 可参考陈爱强、张清芳《胶东红色文学研究》(中央党史出版社 2015 年版 )中
　的相关观点。

事的开头方式为当时革命历史小说的惯常用法，亦契合《百合花》《黎明的河边》等当时主流小说的创作模式与手法。不过与它们相比，《三月雪》在内涵上更凸显丰富性与多样性。小说中有一段话："依照他的意见，就在烈士墓那里埋葬了两位死难的烈士。小娟的妈妈就埋葬在那棵'三月雪'的下面，埋在那年轻的女卫生员的旁边。"[①] 此处的比喻意义非常明显，这使该作品中出现的十八岁女卫生员的已牺牲的母亲、女卫生员、小娟的母亲和小娟这四位女性，不但成为中国红色革命女英雄群像中的丰碑式人物，而且她们还代表着三个不同历史阶段中国妇女的命运。

　　具体到作品来说，作者主要通过对比、映衬等手法分别讲述出这四位女性的人生故事。对于多年前牺牲的女卫生员之母与几个月前牺牲的女卫生员的光辉事迹，通过周浩（小说中的"我"，也是讲述者）讲故事给十一二岁的女孩小娟（她母亲昵称其为"娟子"）听的方式得以强调，属于侧面塑造手法。然而为了塑造出刘云和小娟母女两人的英雄形象与事迹，作者则调动直接描写、间接讲述、侧面烘托、细节勾勒等多种艺术手段与方法。如果说刘云为革命事业牺牲的悲壮故事很吻合当时的主流叙述，那么小娟这个小英雄在母亲牺牲后的成长故事则与当时的主流文学有所不同。萧平直接描述她在听到母亲牺牲消息之后的悲痛心情："唉！对这孩子说些什么呢？世界上有什么话语能够安慰一个失去母亲的孩

---

① 萧平：《萧平作品精选》，河北少年儿童出版社1997年版，第39页。

子的心！"① 这亦非常符合一个失去最亲近家人的孩子的心理情绪。可说萧平在此处并没有人为拔高小娟的思想境界，而是把握住她作为一个正常孩子的心理世界和情感世界的波动与变化。而且小娟对母亲的依赖及母女之间的深厚亲情，已在前面的情节中进行过铺垫：在周浩初次见到刘云时，她就说孩子离不开她，后来小娟又经常机智地帮母亲传递情报。随之作品较为详尽地写出小娟克服失母痛苦的心理转变过程："从这天以后，周浩看得出小娟在努力克制着自己的悲痛，起初还偷偷地跑到河边上望着西山哭，以后就很少哭了，脸上也逐渐恢复了天真的笑容。但是在那天真的笑容里，却显露出一种一般孩子所没有的深思、严肃的神情。每次当他回到区委的时候，小娟便同他谈这谈那，特别是谈那个女卫生员的故事，却从不谈自己的妈妈。他也不愿提这事引起孩子的难过。"② 由此可以看出，小娟受到同龄也失去母亲的女卫生员革命事迹的极大鼓励，这也成为她的思想发生转变的一个核心动力，所以女卫生员自然而然地成为后者开始模仿和学习的主要对象，这亦为小娟的思想转变和觉悟提高提供了顺理成章的依据——有一天晚上，小娟开始询问自己的母亲如何成为共产党员等事情，说明此时她已克服悲伤心理并把母亲的革命事迹当作自己的学习榜样。因此在来年3月攻打徐庄的战斗中（其中有杀害刘云的刽子手在内），小娟就偷偷跟随着担架队的刘大爷来救护站帮忙，不但参加到实际革命工

---

① 萧平：《萧平中短篇小说自选集》，中国文联出版社2008年版，第25页。
② 萧平：《萧平中短篇小说自选集》，中国文联出版社2008年版，第26页。

作中，更重要的是为自己的母亲复仇。从这个角度说，小娟与女卫生员又形成一种对比和映衬关系：两人的母亲在她们十二三岁时均被敌人杀害，且她们在母亲牺牲后，都勇敢地参加革命队伍并成长为一名小英雄。然而两人的最后结局却又不同：前者在残酷的革命战争中不幸牺牲，迎来新中国成立的小娟却幸运地进入大学学习，成为一名新时代女性。这种新旧生活的对比是《百合花》《黎明的河边》等作品中没有的。这种设计也赋予《三月雪》的内容主题更丰富多样，至少包含三重主题：革命烈士刘云的故事、小娟这位小英雄成长的故事和开着美丽芬芳花朵的树——"三月雪"具有的象征性叙事。这也赋予"三月雪"具有更多层面的象征性意蕴，它的美丽芬芳的花朵不但是树下坟墓中革命女烈士精神的美好象征，更具有新的时代精神——象征着新中国成立后年轻女性乐观昂扬的精神面貌。正如小说结尾部分指出的："党委书记感慨万端地望着她，望着那年轻的、充溢着幸福的面孔，那一双闪着坚毅和自信的光辉的大眼睛，他不由得又想到那飘散着清香的早春的花——三月雪。"[1]这亦是这部小说的一个成功之处。

同阶段的其他作品，如同为革命历史小说的《玉姑山下的故事》不仅讲述了十六七岁的少女小凤与其父的革命故事，而且对少年良子和小凤之间那种朦朦胧胧的初恋情怀也写得非常细腻动人。在少年儿童小说《海滨的孩子》《锁柱的星期

---

① 萧平：《萧平作品精选》，河北少年儿童出版社 1997 年版，第 50 页。

日》《两只大雁》等作品中，作者均在浓重的时代气息背景中讲述了少年儿童风趣诙谐的"冒险"经历，并塑造出一个个栩栩如生、活泼可爱的人物形象。今天重读这些小说，他们身上那探索新奇事物的好奇心、不服输的精神和机智勇敢的性格仍然令人印象深刻。在歌颂 50 年代社会主义农村建设的小说《养鸡场长》中，萧平除塑造出了十五岁的"养鸡场长"小英这个小英雄形象外，还包含了可超越时代精神的其他一些主题。具体来说，这部小说包含三个主题：第一个主题是通过小英母亲李大娘的话来谈论李大爷脾气性格变好，正是新社会使他改变了旧式封建家长独断专行的思想，不再打骂孩子，显然这是对新时代、新风气的歌颂。第二个主题是农村家庭中的子女在新社会有了一定的社会地位，可以参军，参加集体活动，并成长为劳动能手与劳模。第三个主题则是写出了以小英为代表的乡村少女对外面世界的向往。这体现在故事的结尾，当小英送"我"走时谈起村人去新疆工作时很羡慕："我们已经走到村头路上了。我站下来，让她回去。她问我还来不。我说不能来了，我马上就要回北京去了。她望着我，脸上显出无限羡慕和向往的样子。"[1] 可说像小英这样的农村女孩具有一定的理想追求，她们渴望以后能到更广阔的外面世界中去工作和生活。到了萧平 60 年代所写的《圣水宫》中，那个在深山里几乎与世隔绝的小女孩就幸运地通过上学读书的方式成为山外的一名人民教师，可说实现了小英

---

① 萧平：《萧平作品精选》，河北少年儿童出版社 1997 年版，第 78 页。

们的愿望。

萧平在 20 世纪 70 年代末到 80 年代中后期所写的伤痕反思小说，延续了此前创作的诸多特点，在内容主题上更加丰富多样，把笔触深入人物的心灵深处并由此开掘出人生命运的复杂性与多样性。获 1978 年全国优秀短篇小说奖的《墓场与鲜花》为其中的一部代表作，该小说在构思与情节安排上更为精巧圆熟。萧平以"墓场"意象与"鲜花"意象贯穿始终，把 20 世纪 60 年代大学生学习生活的主题、爱情主题、对理想与真理不屈追求的主题等交织在一起，同时深化它对社会生活的现实指涉意义及对人生命运的深刻思考。

《墓场与鲜花》开头部分以回忆的口吻交代了该故事的时间背景为 1964 年到 1968 年期间，讲述了"文化大革命"发生前期和其间的两个大学生的爱情故事。此前，萧平也会写到朦胧的少年少女之间的爱情，例如《玉姑山下的故事》中的小凤与良子之间的朦胧爱情故事，可惜两人始终没有挑明这份感情就戛然而止；此后发表的小说《驼迹》亦讲述了"他"和"她"这两个年轻大学教师之间的平淡爱情，但他们之间并没有经受住严峻生活的考验而分手。《墓场与鲜花》讲述了北京 S 大学四年级男生陈坚和大学一年级女生朱少琳之间的爱情故事。尤其是他们两人在思想上的志同道合和志趣相投，及面对艰难困苦生活折磨的爱情生活经历成为故事讲述的重点。这也是萧平此前与此后均很少涉及的爱情题材。男女主人公首次相见是在中文系举办的迎新晚会上，在表演鲁迅写的话剧《过客》时，思想较为成熟的陈坚扮演了那个历经沧桑却又不停跋涉的"过客"。这是"墓场与鲜花"这个意象首次与小说标题相呼应,"过客"的眼中看到了代表生活黑暗面的"墓场",而刚入校的朱少琳扮演的"小女孩"却透过荆棘看到了代表光明的"鲜花"。此时"墓场"与"鲜花"这两个意象的含义是分离的,正如这两个青年人此时的生活没有交集。

小说在写到两个人具体交往的过程时,指出是朱少琳主动去找陈坚谈论作品和生活感受的:"两个人就这样开始了往来,经常是朱少琳来找陈坚。他们谈学习,谈作品,谈理论,有时也谈生活和理想。两个人都很有才气,有很强的事业心,对问题的看法也经常是一致的。"[1] 由此可看出两人属于有共同话语的志同道合者,这也成为二人爱情的一个重要基础。这与萧平发表于 80 年代初的小说中塑造的女性形象不太一样,例如《驼迹》中的主人公"她"性格内向沉默,经常是"他"主动去看望"她",他们两人之间的爱情显然缺乏坚固的感情基础。在《墓场与鲜花》中,陈坚与朱少琳的爱情也并非一帆风顺,当爱情萌发后,两人却具有不同的个人表现:"爱情在陈坚有些孤傲的心中悄悄地、顽强地滋长着,终于不知不觉地控制了他。但他却无缘表达。在这问题上,她也表现了似乎是矛盾的、令人难以捉摸的性格:她有时含情脉脉,但有时忽然又冷若冰霜。他哪里知道这看去无常的表现,只不过是她理智和情感斗争的反复。她也爱他,但又不想在现在,

---

① 萧平:《墓场与鲜花》,百花文艺出版社 1983 年版,第 82 页。

在刚进入大学时就陷入爱情里面。"[1]因此她给他写了一封短信，主动以两人都需要追求事业为由拒绝了他的爱情。而且主动权依然掌握在她手中："她不再来找他了。两个人又回到第一次相识后的样子，见面时互相点点头，有时也简单说几句话。很快就到了七月。"[2]毕业离校后，陈坚到西北 A 省参加工作，两人的爱情故事也至此告一段落："办好一切手续，安顿好生活以后，他给一些要好的同学写了信，也给她写了一封信，信中流露了一些思念之情。十几天后，接到了她的回信。他急忙打开，但从中却没有看出有什么反应。从此以后，他就把感情压在心底，给她的信就像给其他同学的一样。她的来信也是这样。但每次接到她的信，总不由得心跳，信来晚了几天，便焦躁不安。他觉得自己这表现可笑，可是又改变不了。"[3]

不过他们两人的爱情却因为时事急剧变化而有了新的转机。进入"文化大革命"后，陈坚在郑州火车站偶然巧遇朱少琳，当时特别拥挤，他把朱少琳拉进了火车车厢，两人在车上的交谈促进了彼此的进一步了解，可以说爱情出现了峰回路转："两个人接着谈起对运动中一些事的看法来。在和平日子里长大起来的青年，突然被卷进这大动荡中，过去所建立起的准则和价值观念都崩溃了……他们多么希望同人谈谈，但这些'危险'的话题，却又不敢随便向人吐露。如今

---

① 萧平：《墓场与鲜花》，百花文艺出版社 1983 年版，第 83 页。
② 萧平：《墓场与鲜花》，百花文艺出版社 1983 年版，第 84 页。
③ 萧平：《墓场与鲜花》，百花文艺出版社 1983 年版，第 86 页。

终于遇到了可以倾吐肺腑的人！他们低声谈着，相同的见解坚定了他们的信念，共同的爱憎增强了他们的感情。夜深了，他们仍毫无倦意。"①不仅如此，这次的偶遇与交谈更是激发出了两人深藏心底的爱情感觉，进言之，是共同的生活见解和信念使他们进一步相互了解并坚定了彼此的感情，而且这也成为朱少琳后来离开北京，主动到西北边疆找到陈坚并结婚的重要心理铺垫："这次的偶然相逢，燃起了两个人压在心底的感情的火焰。到离开的时候了，谁也不愿意分手。两个人一起向街里走去，吃了点东西，到了天安门广场。广场上也全是大串连的人群。他们在烈士纪念碑下盘桓了许久。"②这一幕甜蜜的爱情场景，成为他们两人的"鲜花"，也成为两人生活开始有所交集的开始。可以说，美好的生活前景在朝他们招手。

然而生活给予他们甜蜜爱情的"鲜花"之后，又把生活灾难和磨难的"墓场"降临到他们的身上。陈坚的同事兼好友李兴在"文革"的浪潮中为了保存自己写大字报污蔑自己的好友和同事陈坚。当时的陈坚："他觉得热血上涌，周身颤抖。他努力保持着冷静，站在那里，看着李兴向着对方的人胁肩谄笑的样子，心里不由愤怒地想，这个东西就是李兴吗？"③遭到诬陷的陈坚在三个月后被发配到一个遥远的农场进行改造。他曾在黄河边产生过自杀念头，但是当他想起

---

① 萧平：《墓场与鲜花》，百花文艺出版社 1983 年版，第 92 页。

② 萧平：《墓场与鲜花》，百花文艺出版社 1983 年版，第 93 页。

③ 萧平：《墓场与鲜花》，百花文艺出版社 1983 年版，第 97 页。

《过客》中"过客"的坚强和朱少琳的鼓励——"无论如何，无论如何，你要走下去，走下去"①时，才打消自杀念头。如果说陈坚此时的境遇是到了"墓场"——阴暗、绝望的人生困境之中，那么当他从河边返回住宿的棚房时，事情则发生了戏剧性的转折与变化："他大踏步向前走去，到了门前，猛地把门推开，突然像被雷击了似的站在门边不能动了——屋里，朱少琳对着灯坐在他的床上。"②而且"朱少琳的眼睛湿润了，她同情、爱怜地望着他，说：'我要在这里住下，同你在一起。'"③代表人生希望和美好理想的"鲜花"就这样再次出现在陈坚面前。这也是当时伤痕文学作品通常会安排的一类故事情节，例如张贤亮的《绿化树》中马缨花对"右派劳改犯"章永璘在精神和肉体上的"救赎"。这次也依然是朱少琳主动来找陈坚，她在爱情中依然把控着主动权。小说的结尾是两人结婚并点题："朱少琳看着陈坚轻声说道：'我们是在墓场举行婚礼，但是鲜花就在我们前面。'"④至此，"墓场"与"鲜花"这两个意象相互交融在一起，象征着现实生活中绝望与希望相互交织，人生酸甜苦辣互融，而且希望、欢乐与进步总是人生道路上的一个总体发展趋势。

　　同样具有伤痕和反思色彩的两篇小说《拉拉环》与《光

---

① 萧平：《墓场与鲜花》，百花文艺出版社1983年版，第110页。
② 萧平：《墓场与鲜花》，百花文艺出版社1983年版，第101页。
③ 萧平：《墓场与鲜花》，百花文艺出版社1983年版，第102页。
④ 萧平：《墓场与鲜花》，百花文艺出版社1983年版，第105页。

荣》在情节上有相似之处，①均是以 20 世纪 30 年代的抗日战争为背景，讲述一个准备参加游击队的农民被上级加以动员，经过简单培训后打入敌人内部搞地下活动，及新中国成立后的遭遇等人生故事。从创作时间、故事内容和篇幅上来看，创作于 90 年代的中篇小说《拉拉环》是短篇小说《光荣》的拉长和扩充，然而二者却又有很多不同。尤其是前者更突出现实生活中的复杂性和偶然性因素，看到人生命运经历中的不可把握性和不可捉摸性等因素。

《拉拉环》的主人公陈云堂是一个普通农民，他成为地下工作者带有很大的偶然性，武工队领导利用他能到日本宪兵队领导下的侦缉队去的机会，对他进行一晚上的谈话后就派遣其此后从事地下工作并入党。小说作品对他从 1938 年到 1945 年日本投降期间所做地下工作的过程讲述得较为详细，而《光荣》中却省略掉了这些。而且二者相比较，前者的故事更复杂曲折和惊险，用现实主义手法描摹出了诸多生活细节，有意突出地下工作者身处危险境地的工作性质和随机应变的智慧，以及社会现实生活的复杂性。在工作初期，陈云堂在地下党联系人于经理的领导下，工作非常出色。但是当于经理牺牲之后，他就与组织失去了联络："他知道事情不妙，他也猜测到可能是于国良没有来得及安排好便被捕牺牲了。几年来他对于地下工作的内情已有了些了解，他知道单线领导断了关系的可怕，你的工作，你的身份，你的党籍，

---

① 可参考陈爱强、张清芳《胶东红色文学研究》（中央党史出版社 2015 年版）中的相关观点。

都没有人证明。这且不说，更可怕的是，你是为革命工作而打进反革命营垒的，这也没有人证明，你将要承担这些年来为掩护革命工作而不得不从事的反革命活动的罪责。想到这里，他的心发冷了，他觉得他陷进了深渊，灭顶之灾正向他逼来。"①也是因为地下党人员的变动与时世变迁，陈云堂几经努力还是没有和组织完全联系上，等绥远省和平解放时，他作为起义人员被接受。此后他一直力图证明自己这段打入日本鬼子侦缉队的地下活动经历，虽然组织上经过调查找到了当事人刘主任——当年武工队的一个领导，也给予了证明，但是事情非常复杂。与《光荣》中的结尾相比，光荣牌足可以证明主人公的清白，过程亦简单明了，但是《拉拉环》中陈云堂的问题在平反过程中遭遇了种种麻烦。一直到1979年底，他的问题才彻底得到解决。故事的结尾中，在陈云堂的追悼会上，有人在他的遗像前放了五瓣拉拉环。这个故事显然融入了新时期以来作者对生活复杂性的新思考。这可能与萧平经过了反思文学阶段的"喧哗与骚动"之后，对生活复杂性的认识更深刻后才写出的。其中包含着人生的荒诞感和荒谬感，读后令人唏嘘。这种深切的人文关怀，显然赋予《拉拉环》更丰富的思想意蕴。

从艺术手法与内容主题来说，萧平在小说创作中始终遵循现实主义的原则，在典型环境中塑造出典型的人物形象，具有鲜明的人性美、人情美、艺术美特征。以萧平的儿童文

---

① 萧平：《萧平中短篇小说自选集》，中国文联出版社2008年版，第366页。

学创作为例，这些名叫铁锁、二汉、铁子、锁柱、大虎、二锁的孩子，一个个汗淋淋、红扑扑、笑眯眯地从萧平的作品里向我们走来，连他们的名字也发出铿锵的声音，充满着一种茁壮阳刚之美。①这也是文坛的共识。不过需要指出，为了达到并突出人性美、人情美、艺术美的效果，萧平在很多包含"成长"主题的小说情节中有意设置一些省略和空白点，尤其是在主人公从懵懂无知的儿童转变为少年英雄的这一段历经几年或十几年的人生历程中，经常会出现很多省略、跳跃与空白。具体说，萧平在 20 世纪 50—70 年代所写小说中的主人公均是上小学后的儿童及不超过十七八岁的少年少女，他的目的是在乐观昂扬的时代精神中写出青少年的长大成才——成长为社会栋梁之材、革命事业之材的"励志"故事。因此，这些故事在成长主题与情节主线的设置上亦存在独特之处，体现在作家喜欢截取主人公的某一段或几段生活经历，一般是几个月或是几年内发生的故事，作为他们成长——主要是思想成长、心理转变的关键转折点，这也成为最重要的故事情节与小说细节，接着使用省略、跳跃、简化或空白等艺术技法，而非全面跟踪他们的成长过程或讲述完整的成长故事，因此故事的最后结尾经常跳转到几年或多年之后，通过偶遇主人公或他人讲述等方式，揭示出这些少男少女长大成人之后的生活情况：此时他们已经成长为一名革命战士或是生活中的强者与英雄。

---

① 宋遂良：《评萧平的儿童文学创作》，见萧平编《萧平作品精选》，河北少年儿童出版社 1997 年版，第 376 页。

《三月雪》的故事背景为1943年，是抗日战争最艰难困苦的阶段，十一二岁的女孩小娟（李秀娟）在身为共产党员的母亲被敌人杀害之后克服悲痛变得坚强、勇敢。当年的区委书记周浩在调离十几年后又遇见她时，后者已经在新社会中成长为一名申请入党的优秀大学生了。那么在过去的十几年中，这个小女孩的具体人生经历是怎样的？没有了母亲，作为革命者的父亲（他在故事中并没有直接露面）在女儿长大成人的过程中又扮演了什么角色？作品并没有提到这些。《玉姑山下的故事》中的主人公是十六七岁的少女小凤，她在参加革命的父亲被国民党清乡队杀害后失踪，等"我"偶然再见她时已是多年后，后者已成为骑着枣红马英勇战斗的八路军女战士。那么小凤在离开熟悉的人、熟悉的家乡后，在战争烽火的锻炼中有着怎样的经历才成长为一名优秀的革命战士？这段成长经历亦成为空白。即使是在《童年》这篇明显带有当时"控诉地主阶级压迫"色彩的小说中，其中的女孩"我"作为一个与哥哥失散多年的十几岁孤儿，在参加革命队伍后，如何成长为一名合格战地护士的人生经历，也是一带而过，显然作者有意采用了省略手法。还有《圣水宫》中那个生活在深山中的还俗道士的八九岁女儿，在县委书记的安排下到山下村中读书后的生活情况，以及她成为一名人民教师的十几年经历，也在故事中成为空白。在《秋生》和《养鸡场长》这两篇包含新旧社会对比的小说中，同样使用了省略空白手法。父母双亡的秋生在旧社会成为流浪儿，这种生活使他变得好吃懒做，十几岁上小学后成为令老师头疼的调皮学生，好在那时他身上还保留着某些美好品质。等曾做过秋生小学老师的"我"几年后返回家乡再次见面时，这个少年在新的社会环境中已经转变成积极上进的好青年，并和自己喜欢的姑娘结了婚。然而秋生这几年的心理转变过程却被简化和省略。《养鸡场长》同样选取女孩小英的两段生活经历，一段是1947年"我"曾遇见正值七岁的、性格怯懦中带着倔强自信的小英，第二段是在新社会成为养鸡场长的十五岁的小英，通过其母之口对"我"讲述女儿成为养鸡场长后认真负责、不怕艰苦的劳模事迹。这部小说尽管塑造出小英这个小英雄形象，不过她的心理情绪变化和在具体生活场景中发生的曲折故事同样都被有意简化和省略。

新时期以来，萧平在《令子》《我们的司令》《啊，少年》等少年儿童小说中，同样使用省略、空白等手法，即截取主人公少年时期的一段人生经历，塑造出生活在新中国成立前的小伙伴令子、"小牛倌"、高昆良等少年英雄形象。当他们在故事结尾再出现时，亦已经成为革命战士和在工作岗位上的佼佼者。从这个角度说，这些少年儿童小说在内容主题和艺术手法上均继承了萧平50—70年代小说的创作特点。此外，在此阶段萧平创作的、包含着成长主线的一些成人故事小说中，同样常采用省略、简化、空白等手法。只是相比同时期的儿童文学创作，这些成人故事中的"成长"主线，特指或侧重人物某种心理或某种思想的形成、完善和成熟过程，可以说是个人思想的成长史。如在带有伤痕文学和反思色彩的小说《驼迹》中，讲述一个柔弱忧郁的江南姑娘大学毕业后被分配到边疆 S 大学工作，面对政治偏见、现实生活的重压及男友的离开等多重打击，她却在历经几十年西北边疆生活的艰苦磨炼之后，成长为一名坚强的女画家。这个姑娘面对艰难困苦时的心理变化与思想成熟的过程同样被作者有意省略，呈现在读者面前的只有她作为成功者的故事结尾。

这些故事中的佼佼者和英雄人物的人生成长经历与艰苦的成长过程，之所以被萧平有意地省略、空白或简化，一方面因为现实主义作家实事求是、如实反映现实社会生活的责任感，使没有经历过革命战争生活洗礼的萧平在 50—70 年代创作的作品中不愿胡乱编造主人公参军后在血与火、生与死考验中所经历的戏剧性成长过程，这可能也与当时文坛要求作家写亲身经历的要求有关。[①]另一方面，在新时期之后的作品中，萧平虽然在人物塑造和情节构思等方面延续了此前的现实主义创作特征，不过由于囿于中短篇小说有限的篇幅，萧平必然对作品中的细节描写有所取舍并精心剪裁，以便加快故事的叙事节奏及增加内容的密度，所以直接在结尾交代出主人公最后成长为各行各业英雄人物的美好结局，或曰这也是作者美好愿望在小说中的具体体现，同时也使故事情节发展具有开头、发展、高潮和结尾的完整性。这亦是现实主义手法的一贯要求。

不仅如此，这还与作家的现实主义审美观密切相关。萧平在 1984 年发表的一篇文艺理论文章《艺术的特性》中

---

① 可参考洪子诚专著《中国当代文学史》第四章中的内容，北京大学版社 1999
年版。

明确指出："文艺应该表现生活中的美。首先应该表现人
的美。""文艺也表现社会事物的美。""文艺也要表现自然
美。"① 这种审美观念使他的作品有意去追求人性美、人情美等
"美"之特征。而省略、空白等手法显然能够达到把少年儿童
主人公在成长过程中经历的那些阴险黑暗、艰苦磨难等消极
因素无形中解消掉，所以只留下美好的记忆与故事结尾中的
"光明的尾巴"，同时也留给读者诸多联想空间，拓展了小说
作品的容量。

　　也正是为了取得这种"美"的阅读享受，萧平作品中的
省略空白手法还体现在省略不写或是简写、弱化人物的悲惨
遭遇。例如在《三月雪》中关于十八岁女战士和其母的牺牲
过程，叙述手法类似茹志鹃的小说《百合花》，通过别人的转
述，用几句话说出她们的不幸遭遇。其中对革命烈士刘云，
也是直接提到其牺牲后的场景："他和自卫团长、村长到了上
面的烈士墓，一幅惊心动魄的惨象呈现在他的面前：农救会
长宫本才被绑在一棵松树上，小娟的妈妈、共产党员刘云，
被绑在那棵三月雪上——他们被敌人杀害了。"② 还有《玉姑
山下的故事》中小凤父亲被敌人杀害的具体过程，及《绝笔》
中通过一个地主丫鬟多年后的讲述来简略描述出的当年写抗
日宣传标语的小学老师郑克功被日本鬼子杀害的过程都被省
略掉。这种手法的运用也是构成其作品具有清新明朗、抒情
优美整体风格的一个主要因素。且这种省略空白手法的使用

① 萧平：《艺术的特性》，《烟台师范学院学报》1984 年创刊号。
② 萧平：《萧平作品精选》，河北少年儿童出版社 1997 年版，第 39 页。

策略与美学理念一直延续到新时期后出现的一些带有"伤痕"色彩的小说中。例如在《小年夜》中，大哥轻描淡写地告诉妹妹自己这二十余年来的人生遭遇。这种去掉"血腥味"氛围和淡化人物生死戏剧性冲突的描述方式，充分说明萧平依然是那个崇尚纯美风格的现实主义作家，对真善美的追求未变，亦总是对未来的生活带有美好的期许与展望。

　　萧平的小说还充盈着作者较充沛的情感和一定的爱憎情绪，这也使它们对读者形成了一定的阅读吸引力。萧平曾在《文学创作过程中的心理活动》一文中高度推崇"情感"的作用："表象总是渗透着情感的。作家头脑中的表象所渗透的情感又总是深厚的、强烈的。情感，是文学区别于科学的重要特征，也是作家区别于科学家的重要心理活动特征。表象记忆的牢固程度取决于渗透其中的情感的强烈程度。表象的变异，很大程度由于情感记忆的变化。情感记忆淡漠了，表象也就失去了鲜明的色彩。消失了情感的表象就像消失了色彩和水分的鲜花，很难形成生动鲜明的形象。在很多情况下，不是表象遗忘了，而是同表象融合在一起的情感遗忘了，因而表象'随之'枯萎了。"[1]他亦在创作中把该理念付诸实践。当然了，萧平小说中的情感和情绪并不表现为直露、直白的议论性文字——这也是现实主义手法和理念所不允许的。具体来说，一方面体现在包含着爱憎情感的意象的使用上。例如《三月雪》中的"三月雪"意象和《墓场与鲜花》中的

---

[1] 萧平：《文学创作过程中的心理活动》，《山东文学》1984 年第 4 期。

"墓场"与"鲜花"意象等，前文已经指出，此处不再赘言。另一方面则体现在其他一些具有现实讽喻色彩与指向的小说作品中，像《长乐之枭》《瑜伽大师与他的徒弟》《金窑主》《翡翠鹦鹉》等小说。

萧平在20世纪八九十年代创作了一些批判特殊社会现象与不正风气的短篇小说，如《翡翠鹦鹉》《金窑主》《三万元》等。《金窑主》中财大气粗的金窑主赵福顺家养的一条纯种大正三色锦鲤，是一个带有明显象征意味和多重内涵的意象[①]，嘲讽当时知识分子的价值还不如一条宠物鱼的畸形社会价值观。不过萧平也认识到，《金窑主》中的赵福顺作为改革开放中先富起来的地方小窑主，不但是当时的新现象、新事物，也代表着一种新生力量。作者对此感情很复杂，主要通过市作协副主席洪涛的感触表现出来：一方面作为清高的知识分子，洪涛看不起充满铜臭味的商人，但是另一方面，他却又不得不佩服这个精明狡猾又财大气粗的金窑主："一进屋，从赵福顺跟那编辑谈话的时候，洪涛就发现这是个精明狡黠的人，他的精明狡黠掩盖在粗放豪爽里，但财大气粗志得意满的神气却时时表露出来。他充满自信，有时做出谦卑的样子，实际心里是睥睨一切。洪涛来时的心态是居高临下的，这时却不由降了下来。他不得不承认，一见面，在精神上他被这个小窑主压下了。"[②] 作者显然写出了历史时代变化中的无奈，不禁让人想起了法国作家巴尔扎克在《高老头》等

① 萧平：《萧平中短篇小说自选集》，中国文联出版社2008年版，第498页。
② 萧平：《萧平中短篇小说自选集》，中国文联出版社2008年版，第417页。

批判现实主义作品中的复杂态度。在改革开放、发展经济的历史背景下，面对新的阶层的出现与崛起，面对由此带来的富裕生活及产生的一些负面的社会现象，每个敏锐的作家都会产生复杂的感觉与感情：一方面希望广大人民在物质上能够富裕起来，过上期望已久的人人富足的幸福生活；另一方面却又看到了改革开放给社会带来的多元后果，其中也包括某些复杂的社会现象。萧平体现在小说中的复杂态度和情绪亦是对当时复杂多变的社会生活的一种折射和反映。

然而，萧平在新时期以来发表的《静夜》《我们的"司令"》《夏夜》《令子》《给小猫找个家》《小布谷鸟》等儿童文学作品中，却少了成人小说中的肃穆沉重感，而是多了几分童趣和童心，更加重视抒发情感。正如萧平自己说的："几位搞儿童文学理论批评的朋友认为，这期间我写的几篇儿童小说，儿童特点比以前的明显了。"[1]萧平还曾从文艺理论的角度，指出作家创作风格发生某些变化是一种常见的文学现象："创作个性形成之后并不是凝止不变的。随着社会生活的发展变化，作家个人年龄的变化，生活实践、艺术实践和世界观及审美理想的变化，创作个性也必然要发生变化。"[2]在1982年发表的《静夜》中，两个上四年级的孩子半夜睡觉时听到床下有"喳喳喳喳"的声音，他们开始寻找能发出这种声音的物体，但是却没有找到："响声像是个精灵发出来的，一动木板，或一有说话声，有时手一伸近，立刻就消失了。静下

---

① 萧平：《萧平作品精选》，河北少年儿童出版社1997年版，序言部分。
② 萧平：《作家的艺术修养》，《泉城》1982年第8期。

来，等一会儿，又发出来。"①他们就猜测是定时炸弹。这种猜测显然符合孩子的好奇心和幻想能力，特别是小说前半部分还铺垫了其中一个孩子刘波讲述导弹和智能机器人的知识。然后作为孩子的联想力得到充分发挥，他们从炸弹产生了一系列相关联想："可是怎么也睡不着了，我总觉得那块板子随时会爆炸，一直提心吊胆地等着那'轰'然的一响。我想象着爆炸后会造成的损失，院墙肯定会炸塌，房子要紧不要紧？也许不要紧，那么点东西会有多大爆炸力？不过要是像刘波说的，是什么智能炸弹那就难说了。智能炸弹是什么，不是像人一样吗？是不是它想炸谁就炸谁？是不是它要找着它要炸的人才爆炸？要是那样的话，它就不会在这里爆炸，它不会来炸舅舅家，也不会来炸我们……"②等天亮后，另一个了解情况的孩子张小文来揭示出谜底：原来是床板中的蛀虫。此时小说营造出的紧张氛围一扫而空，一种轻松愉悦的情感浮出心头。小说的结尾也颇符合孩子们的心理变化和教育意义："我们在舅舅家玩了一个多月。在以后的日子里，刘波一次也没有再讲什么导弹和炸弹，当张小文问他什么的时候，也没有再说'连这个都不知道'，背后也没有一次再称他'巴子'。我呢，虽然心里暗笑刘波不懂装懂，闹了个笑话，可是很佩服他的勇敢。那天晚上要是依我，就要喊舅舅了。"③说明不论是生活在农村的孩子还是城市里懂科幻知识的孩子，他

---

① 萧平：《萧平作品精选》，河北少年儿童出版社 1997 年版，第 235 页。

② 萧平：《萧平作品精选》，河北少年儿童出版社 1997 年版，第 23 页。

③ 萧平：《萧平作品精选》，河北少年儿童出版社 1997 年版，第 238 页。

们都各有优缺点，各有所长和所短。在 1980 年的小说《孩子与小猫》中，那个尚在稚龄的孩子因为在农场里寂寞就想办法捉住小猫，想让它与自己做伴。不过后来因为小猫想妈妈，孩子在爸爸的启发诱导下感同身受，就放小猫离开："孩子下了地，拉开门。外面是一片皎洁月光。大猫已经吓得跑开了，蹲在离门口十几步以外的地方。孩子把小猫放在门口。大猫叫起来，小猫也叫着向大猫跑去，跑到大猫跟前，大猫爱抚地舔着它，然后，领着它向场上——它们的家跑去了。"[1] 大猫与小猫的舐犊情深与孩子想家、想妈妈的思念之情互相呼应，可说这部小说主要是写母子亲情，写出了一个孩子对母爱的初步理解与温情，及孩子纯真的心灵。

发表于 1983 年的《我们的"司令"》，其中十六岁的小牛倌如同野地里的精灵一般，是大自然中的小英雄，作者有意突出了他神奇的一面："我同小牛倌就这样认识了，并且成了好朋友。他认识各种各样的野草和野花，能叫出它们的名字。他会看天气，山谷里一阵风吹过，山顶上一片云升起，他就知道有雨，而且知道是大雨还是小雨。他能用马尾套住各种各样的鸟儿（过不了几天他就给了我个大报谷兰，公的，长着高高的羽冠，长长的尾巴，叫起来好听极了）。他能找着獾洞，还能认出狐狸的蹄印，狼的粪便。"[2] 还有一篇写自己童年伙伴的小说《令子》，依然是以"我"的眼光来写小伙伴令子的故事，不但选取了童年时期令子上小学时发生的故事，

---

[1] 萧平：《萧平作品精选》，河北少年儿童出版社 1997 年版，第 191 页。

[2] 萧平：《萧平作品精选》，河北少年儿童出版社 1997 年版，第 214—215 页。

而且对旧社会小学老师对学生打骂的态度和教育理念进行了抨击："老师三十多岁。在城里念过书。他抽大烟，脾气坏，对学生凶狠。他几乎每堂课都打学生，背不上书打，算错算术打，字写得不好打，悄悄说句话坐得不正也打。开学时他的桌子里放着五六根指头粗的腊条子，不多日子全打断了。令子挨打最多，因为我们的课桌就在他眼皮子底下，再是令子好动，上课时腚老扭来扭去，脾气又犟，挨打时不求饶也不叫唤，打轻了没事一样，打重了咧一下嘴，打完了下课后照样跑出去玩。"① 由于令子上课不认真，常挨老师的打，性格也越来越变得有些"彪"（胶东地方方言，指性格憨直、有些傻）。但是他的本性却很正直、勇敢、大胆："冬天又发生了一件事，使令子得了一个'大胆'的名字。那时在我们乡下，'大胆'是个很了不起的名字，民间传说里，有不少关于'大胆'的故事，张大胆啦、李大胆啦，大都是不怕鬼的人物。"② 原因在于令子特别勇敢，敢打狼，从狼口救下一个三岁多的小女孩小翠。这也为令子后来能够成长为一名革命战士奠定了性格基础。"我"在十二岁时离家去东北当学徒，十八岁才返回家中。结尾是"我"在一个荒野饭店中见到了已成为武装队员的令子。

这部小说值得称道的地方，还在于介绍了农村少年儿童玩的游戏，例如对孩子们玩的打枊游戏和其游戏规则进行了详细的说明："当时我们经常玩的游戏是打枊。打枊用的器具

---

① 萧平：《萧平作品精选》，河北少年儿童出版社 1997 年版，第 280 页。
② 萧平：《萧平作品精选》，河北少年儿童出版社 1997 年版，第 284 页。

一是枷，一是枷板。枷，用手指粗约两寸长的木棍两头削尖就做成了。枷板，找块约一尺长两三寸宽的木板就行了。玩的方法和规则是，由两个玩得最好、技能最高的人出任两队的司令，各打一板，谁打得远，谁先点将，轮流点下去，一直把所有参加玩的人点完为止。然后两队司令再各打一板，争先打板。在地上画一个方叫‘国’，争得先打板的先上一员将，站在‘国’内用力将枷击出，击得越远越好。对方将人员散开，在枷未落地前将枷接住，就将击枷的‘战将’杀死，击方再上一员将。未接住，就由一投掷力强的将枷向‘国’投去，这时击枷人便手持枷板站在‘国’内阻击。枷如投进‘国’内，击枷人也被杀死。"[1] 与萧平20世纪50—70年代的儿童文学作品相比，这些游戏使作品内容更突出儿童不同于成人的诸多地方，既符合少年儿童天性爱玩、爱动的特点，又使小说充满童趣和明朗色彩。这大概也是萧平新时期以来创作的儿童文学作品更符合儿童特点的一个原因。

发表于1987年的《啊，少年》，是作者以自己1943年在哈尔滨当学徒时的少年生活为模板，加以虚构而成的。它的中心主题不是塑造出抗日的地下党和英雄人物，而是通过这些故事写出了一个少年在青春期的幻想和心理骚动："是什么引起了他写日记的欲念？是那个漂亮的日记本，是那少年时代的幻想和激情，更可能的是那个第一次见面就引起他内心躁动的玛莎。"[2] 这部小说对少男少女之间懵懂爱情的描述比

---

① 萧平：《萧平作品精选》，河北少年儿童出版社1997年版，第282页。
② 萧平：《萧平作品精选》，河北少年儿童出版社1997年版，第312页。

《玉姑山下的故事》更详细和细腻，那种怀恋、惋惜的情绪成为这个故事的一个基调。在小说《招弟——故乡旧事》中，很少写悲剧的萧平却写了一个普通女孩子招弟被拥有最亲近血缘关系的亲人毁掉了自己幸福的人生悲剧。如果说《三月雪》写出了母女之间的深厚亲情，那么《招弟——故乡旧事》中母亲对女儿的爱则极其自私，她亲手破坏了女儿在新社会的全新人生经历，也毁掉了女儿本该拥有的爱情婚姻生活。可怜的招弟直到母亲死后，五十岁才能嫁人。小说结尾两段是简洁的白描，把这个因为母亲自私而牺牲掉自己爱情与人生幸福的女子的悲剧结局揭示出来，其中隐含着作者的无奈之感和同情之心："她的心早就死了，生命也枯萎了。完全是出于习俗，在她妈去世满一周年后，她嫁给了县城里的一个老工人。这个老工人的妻子也是一年前去世的，家里有三个还在念书的孩子，还有一个瘫痪的老母亲。""她来了，来到了这个新的家。尽心尽意地，伺候老人，扶养孩子，开始了她后半生的生涯。"[1] 萧平之所以充满悲悯情怀和同情之心，把一个普通女人悲剧命运的原因归为亲人的极度自私自利和她的自我牺牲，而不是像《小丑何三》《第十八个》等认为是时代造成了人物的悲剧命运，首先因为这和作者自身的经历有关。萧平在1958年后因为小说《除夕》《三月雪》受到了批判[2]，使意气风发的萧平受到打击，除了在60年代初期又发表了几篇小说外，就不再写作。直到"文化大革命"结

①萧平：《墓场与鲜花》，百花文艺出版社1983年版，第182页。
②萧平：《萧平作品精选》，河北少年儿童出版社1997年版，序言部分。

束之后，在1978年百废待兴的社会背景下才又开始写作。其间十几年正是萧平从青年时代走向中年的时期，他对生活中酸甜苦辣的品味随着年龄和阅历的增长而沉淀和积累下来，因此他对生活的思考更加深入和深刻，此时对人生的某些看法和想法自然会发生变化。其次，在80年代"文学是人学"的社会大背景下，敏锐的萧平受当时主流的伤痕文学、反思文学、寻根文学等小说流派的诸多影响，对生活、生命、命运的思考与50—70年代显然不同。他认识到，普通中国人的命运不但受到时代、社会等客观因素的影响（例如"反右"运动和"文化大革命"十年），而且也会受到诸多偶然因素和小事件等如同"蝴蝶效应"的影响。这些主、客观因素的结合使人们的命运更不可预测和捉摸，所以即使是普通人的命运也未必不悲惨，如《无常》中的徐元坤可作为一个例证。因而他的作品在感情上更加深厚和深沉，技巧上也更加纯熟与熟练。这亦是他的小说在一定程度上追求艺术形式创新性的心理基础。

萧平的艺术手法在一定程度上具有创新求变的特点。如果与同时代的一些现实主义作家相比，萧平作品又拥有一定的独特之处与创新特点："作为文学理论和美学教授的萧平对文体革新、创作技法改进、审美特性凸显更为自觉，他的文学观念和审美追求中更多现代性的质素。这使他在一生的创作中始终积极探索，总能别出心裁，他的创作中总是不断显露出一些与同时代、同龄作家有所不同的新鲜因素。"[1] 这种艺术形式上的创新性亦是他作品的一个成功之处。

他在自传《逝水悠悠》中曾说，秦兆阳在 1956 年发表的文章《现实主义 ——广阔的道路》对他产生过一定的影响："这篇文章发表后，我认真读了，对我的创作思想产生过一定影响。"[2] 不过他却没有说清有哪些具体因素、哪些方面曾影响过他的创作。从萧平的创作实践来说，更可能是《现实主义 ——广阔的道路》一文在更宽泛意义上对现实主义的理解，例如，"不能眼光短浅地只顾眼前的政治宣传的任务，只满足于一些在当时能够起一些宣传作用的作品""必须考虑到如何充分发挥文学艺术的特点"[3] 等等观点影响到萧平的创作理念，使他在符合文学规律的基础上，更加有意识地来拓宽现实主义内涵与外延的表现力，目的亦是在某种程度上进行艺术探索。其实萧平的《三月雪》甫一发表就在当时获得巨大的声誉，也是萧平小说中被讨论最多的一部代表性作品，在构思和写作技巧上均具有较为独特的文学魅力。除了前面提到的母女亲情、"三月雪"意象的多重象征意义外，这部小说还注意吸收其他艺术手法，例如采用电影镜头般的叙述语言来简洁描摹出人物的动作和行动。在《三月雪》中，当周浩听到刘云等同志被"还乡团"抓走之后，他立即带领一些战士骑马去解救他们。作者仅用短句组成的三个小段落来加

---

[1] 何志钧：《当代文学的执着歌者与守望者》，《时代文学》2013 年第 1 期。
[2] 萧平：《逝水悠悠》，《作家》1990 年第 7 期。
[3] 秦兆阳：《现实主义 ——广阔的道路》，《人民文学》1956 年 9 月号。

以描摹：

> 他们驰上龙山北面的一个高岗。
>
> 大火。几声稀疏远去的枪声。
>
> 他抽出枪，直冲向山下的龙山村。[1]

这种表达方式因为带有电影般的动感效果，把一系列动作分解为几个简洁的画面和镜头，因此也更加生动形象和逼真。这种把电影因素引入小说创作中的举措，在当时作家的创作中很少见，从这个角度来说，这是萧平的一个创新之举。在萧平 50—70 年代的其他小说中，同样或多或少地拥有艺术上的创新性。像曾因"人情味"问题被批判的小说《一天》，写了主人公"她"——一位四十七八岁的医生在一天中的工作与生活。"她"每天早上早起做早饭，饭后就和八九岁的小女儿分别去医院工作和去学校上学。等她上了拥挤的公共汽车后，在汽车上给受了乘客委屈的那个小售票员一块糖作为安慰；到医院后遇到年老的勤杂工，为他被煤块砸破的手处理伤口。她在早上八点钟开始看门诊，对待病人如同亲人般关怀，如朋友般贴心。等到晚上再下班回家，最后上床睡觉休息。从今天的角度来看，萧平对女医生一天生活的"流水账"式记述，不论是在思想内容还是艺术手法上，均颇似 80 年代后期流行的新写实小说。与新写实小说代表作家池

---

① 萧平：《萧平作品精选》，河北少年儿童出版社 1997 年版，第 36 页。

莉的《烦恼人生》相比较，萧平的小说没有对充满烦恼的人生日常生活的厌倦，而是充满了50—70年代小说中特有的乐观基调和欢快情绪，带有浓重的人性美色彩。这种风格除了符合当时的时代精神外，其中的这种欢快、纯美色彩，或许也与他擅长创作少年儿童文学有关，因为后者特有的对真善美主题的追求，总是会有意无意地影响到萧平创作的成人小说。

《养鸡场长》在语言形式、技巧上同样有一些创新之处。在上文曾指出，小英成为养鸡场长后的英雄事迹通过她母亲的讲述，如同电影画面一样被呈现在读者面前，其实这也是这部小说的一个创新点。它的另一个创新之处则体现在专门设计了"我"到村里寻找小英时发生的一系列小插曲，不但使平铺直叙的故事情节变得较为生动曲折和有趣，而且村里孩子的恶作剧引出了小英现在的身份是养鸡场长及孩子们对她的钦佩之情。此处先是预设了一个伏笔，当"我"进村时首先看到一处奇怪的房屋："山涧北面那一片田地上扎了一个崭新的秫秸篱笆，大概是谁家新辟的菜园。但是园里盖了一间草屋却不知是做什么用的，比一般住家的房子大，却是那样低。"[①] 然后通过村中孩子们询问找哪个小英，设置了小英的身份之"谜"，或曰设伏笔，在某种程度上增加了读者继续阅读下去探索谜底的兴趣。然而当时明朗、直接、乐观的时代情绪却使这个"谜"很快被揭示出答案。不过小英养鸡场长

---

① 萧平:《萧平作品精选》，河北少年儿童出版社1997年版，第54页。

的新身份却也吸引了"我"的好奇心，想知道这个十五岁的女孩子是如何成为村里养鸡场长的，这又成为吸引读者继续阅读的一个隐形推动力。也正是因为这种颇具新颖性的情节设计方式，才使这篇小说较成功地吸引住了读者。

《玉姑山下的故事》也用设谜、解谜的方式来设置小凤的人生命运故事。当"我"在晚上满怀少年情愫地去找小凤时，发现小凤黑暗中站在树下，并且示意让"我"离开，我当时误以为她是在和别人约会："路上，我心里还是乱七八糟的，我想：小凤一定是在做什么见不得人的事。我心里难过得简直想哭一顿。回到姥姥家里，一头扎在炕上，一句话也不说。姥姥以为我病了，问我哪里不舒服，我也不说。姥姥急得在地上团团转，我也不理她，一会儿，我就迷迷糊糊地睡过去了。"[1]第二天，"我"匆忙离开姥姥家后在路上遇到小凤，然而小凤并没有说明原因，这对少男少女闹开了别扭。后来在秋天的一个夜晚，发生了共产党分村里地主财产的事情，"我"通过自己的所见所闻，开始对小凤此前的奇怪行为"解谜"："我接连地想起以前的一些片片断断的事情，我想起那天夜里坐在三舅家炕上的那些人，想起从蓝河边向三舅家走去的那些人，想起姥姥对我说的话，想起那天晚上我去找小凤时在果园里听到的拍掌声，想起了……我忽然好像明白了一些什么。"[2]揭示出小凤其实是帮助父亲站岗放哨，这也为小凤在父亲死后突然失踪（可能那时就离开村里去参加革

---

[1] 萧平：《萧平作品精选》，河北少年儿童出版社1997年版，第106页。
[2] 萧平：《萧平作品精选》，河北少年儿童出版社1997年版，第109页。

命队伍了），多年后再见时已经成为革命战士设下了另一处伏笔。因此，与《养鸡场长》相比，《玉姑山下的故事》在艺术手法上更具有创新性。

萧平在艺术形式上的创新意识在新时期之后更加强烈，加上八九十年代中国作家普遍受到西方现代主义和后现代主义思潮的深刻影响，亦形成了较为浓厚的创新求变的时代氛围，而且新时期日渐宽松的社会文化环境，也为诸多作家运用多种多样的艺术手法和文学实验提供了良好的土壤。而且在 20 世纪 80 年代初期，诸多老作家，像王蒙、茹志鹃和宗璞等率先把现代主义与后现代主义手法中的某些因素融入自己的文学创作中，并在当时文坛产生了一定的影响。虽然这种艺术上的创新尝试有限，但是却引领、催生了文坛整体上追求创新求变的良好风气。也正是在这种艺术形式上追求创新求变的文学、文化大背景下，萧平较大胆地放开自己的手脚，在艺术实验上追求更多的新变与创新，并且在创作实践上比较成功。这也说明，一个成熟的现实主义作家能够经得住时代的考验。

发表于 1983 年的《陵园守护人》在艺术创新求变上显然比《墓场与鲜花》走得更远。前者主要讲述了一个离休的老人，在病愈后从山脚爬到山顶烈士陵园的过程中，他的所看、所思、所想、所忆。其间，他回忆了自己一生的经历，其中既有三四十年代的革命斗争生活，也包括"文化大革命"期间的遭遇。具体来说，这部小说一开头就设好伏笔，指出看守革命烈士陵园的老人邱国志此时大病初愈的身体状况："年青时，日本人的刺刀使他受过重伤；到老年，又患过一次偏瘫。但他挣扎着，斗争着，终于又爬了起来。"[1] 等他爬上烈士陵园墓地后，回忆起一系列事情，包括他的家庭生活和对已经去世十八年的妻子的怀念，以及由此想到自己不愿意到城里儿子家度过晚年的真正原因："年青人难以理解老人的心思。他怎么就不会想到，他妈在这里，我也是快入土的人了，还跑出去干什么。"[2] 当他转到战友李海光的墓前时，黏结起来的碑石使他回忆起 1967 年春天，一群红卫兵到烈士陵园的情景。当时他作为陵园守护人，与红卫兵互相对峙："在他一生中，大概只有在最后一次战斗中，当他端着刺刀同一个鬼子面对面地对峙着时，才是这样的。"[3] 此处的回忆是为了铺垫后面他心脏病发死亡时出现的幻觉，目的是与后文相呼应。随后就引出在革命战争年代就出卖过他们这些战友的"跳梁小丑"——郑克非这个反面人物："'文化大革命'中他又咬梁毅一口，连死人也受了牵连。"[4] 而郑克非后来死在南方，其骨灰盒想进入他管理的革命烈士陵园。他听后坚决反对："他要投靠造反派，就昧着良心诬陷梁毅。他踏着梁毅爬了上去，当了革委会主任。这样的人如果有个风吹草动，还不是当叛徒，当汉奸！有人还想着把他塞进陵园来，休想！这样的人进了陵园，烈士们就不得安生。他们还不死心，还在活动。

---

① 萧平：《墓场与鲜花》，百花文艺出版社 1983 年版，第 169 页。

② 萧平：《墓场与鲜花》，百花文艺出版社 1983 年版，第 171 页。

③ 萧平：《墓场与鲜花》，百花文艺出版社 1983 年版，第 174 页。

④ 萧平：《墓场与鲜花》，百花文艺出版社 1983 年版，第 175 页。

怎么活动也不行，有我在，就别想把他塞进来！"① 在这里，郑克非的形象带有漫画性质：傲慢自负又贪生怕死。不过这种脸谱化、符号化的"叛徒"形象并没有损害这部小说的艺术成就，因为作者的目的在于使故事情节具有连贯性和合理性，同时突出老人因心情激愤心脏病发作时的感受和出现的诸种幻觉："胸口又痛起来，似乎还有些恶心，眼前飘起一团黑云，冒出一片金星。他身子摇晃着。他用力扶着手杖，支撑着，但终于站不住，颓然地歪倒在石堰上。啊，今天怎么了？感觉不好，得快点回去。他挣扎着想站起来。他站起来了，两腿轻飘飘地向山下走去。"② 下面的情节就带有明显的魔幻现实主义色彩，既是他心脏病发作后出现的幻觉，作者也借此猜测他在拒绝把郑克非的骨灰迁到烈士陵园后将可能会发生的一系列事情。当他在陌生的屋子里见到民政局的张局长时，"屋子闷得很，有些喘不过气来。他想把窗打开，可是怎么也打不开"③ 此处的描写带有亦真亦幻的效果，与老人心脏病复发后胸闷的症状相吻合。而此时张局长强迫他同意的冷硬态度，以及与他曾共同战斗过的战友、县人大常委会的副主任老秦劝说他的场景，亦是在现实生活中将会发生的事情。相比50—70年代小说中的单纯、明朗、乐观与是非分明的爱憎情感，此时萧平看到了现实生活的复杂性、暧昧性，这些并不是新时期初期"墓场"与"鲜花"般的黑白鲜明和

---

① 萧平：《墓场与鲜花》，百花文艺出版社1983年版，第174页。
② 萧平：《墓场与鲜花》，百花文艺出版社1983年版，第175页。
③ 萧平：《墓场与鲜花》，百花文艺出版社1983年版，第176页。

容易辨别，而是夹杂着某些复杂因素。当老人在幻觉中看到郑克非的骨灰盒被人送到烈士陵园时，他依然选择了进行阻止："他站在烈士纪念碑前，站在石级路上，扶着手杖，挺立着。""那簇人沿着石级路'噔噔'地跑上来。那个抱骨灰盒的壮汉走在前面。骨灰盒闪着阴冷的光。"随着幻觉的展开，"他们到了他的面前。他同他们面对面地对峙着。他气得周身发抖，气也透不过来。他们撞挤他，那个铁青色的骨灰盒撞在他的胸口，像刀刺似的痛疼。他愤怒地扬起了手杖……这簇人不见了，站在面前的原来是来砸李海光墓碑的那群红卫兵"[①]。此时老人的心脏已经"像刀刺似的痛疼"，可说发作得比较厉害，因此他感到是一个红卫兵把镐尖扎到他的胸口上，疼痛使他昏晕过去。不过他依然在努力坚持，坚守自己作为陵园守护人的职责，"他努力站住，忍住剧痛，睁眼一看，竟是一个鬼子把刺刀插进他的胸口，脸上还带着狞笑。噢，就是沟头集战斗同他肉搏的那个鬼子，他又来了！他也挺起刺刀向他刺去。他觉出了刺刀深深刺进了那鬼子的胸膛，一直刺到骨头上……"他在与敌人（既有与之生死搏斗的日本鬼子，也有破坏烈士陵墓的无知红卫兵，及送郑克非骨灰盒到烈士陵园的那些人）的不屈斗争中终止了生命，虽死犹荣。尽管小说的结尾是现实主义的描述："当陵园的人找到他的时候，他的心脏已停止了跳动。但他仍巍然地端坐在那里，双手撑着手杖，手杖深深插入泥土，抵在岩石上。"[②]这个带有英

①萧平：《墓场与鲜花》，百花文艺出版社1983年版，第177页。
②萧平：《墓场与鲜花》，百花文艺出版社1983年版，第178页。

雄气质的"老革命"人物形象，也因此塑造得比较成功，在生死之间体现了他的浩然正气。

在《陵园守护人》发表后不久，台湾作家张大春发表了名作《将军碑》，讲述一位住在台湾的国民党老将军在魔幻现实主义的幻觉中不时返回过去战场的故事。而在《陵园守护人》发表的三十余年后，大陆青年作家李浩所写的具有魔幻现实主义色彩的短篇小说《将军的部队》，同样描写了一位革命老干部在去世前回忆战争生活并产生种种幻觉的情节。从这个角度来说，后两者无论是在艺术手法上，还是在内容主题上，均与前者产生呼应。这并不是说张大春和李浩就受到了萧平小说的影响，而是想借此说明《陵园守护人》当时在艺术手法上的创新性与前驱性。还有，需要指出的是，据有关资料记载，在马尔克斯的长篇小说《百年孤独》于1982年获得诺贝尔文学奖后，北京《十月》杂志当年曾对其进行部分节译，不过萧平在此后公开发表的自传体文章《逝水悠悠》和其他一些创作谈中却并没有谈到《百年孤独》和其魔幻现实主义手法对他的影响，因此不好断言他在写作《陵园守护人》时是否已经阅读过《十月》杂志上刊载的《百年孤独》节选。然而从创作水平来说，即使萧平阅读过这部分节选并受到影响，但是他并没有硬搬魔幻现实手法，而是以现实主义手法作为创作基础，利用主人公疾病（心脏病）发作时所产生的一系列幻觉把故事情节补充完整，把现实生活中可能会发生的事情及可能产生的后果均以幻觉的方式体现出来。这种亦真亦幻的魔幻现实主义手法把现实主义的真实性和幻觉的虚假性较好地表现出来，比单一的现实主义手法更能表现出当时社会生活的真实和复杂。例如他心心念念的是阻止出卖战友的郑克非在死后想把骨灰盒放到烈士陵园的事情，因此他在病发时就出现了与之相关的幻觉：看到民政局局长和老战友老秦对他的劝说、在陵园中他与抱着骨灰盒的壮汉之间的争执等等场景；还有如同镜头回放式的一些场景，像与红卫兵的对峙、抗日期间与鬼子的拼死搏斗，这也使他因心脏疼痛产生的一系列症状与幻觉能够吻合起来。

《绝笔》中的创新之处则体现在较为巧妙的构思上。故事开头的时间点是 1942 年，由被日本鬼子残酷杀害的郑克功，引出下文将要讲述的故事。然后就到了五十年后，也就是 90 年代后，由搜集书画作品的大学教授欧阳信寻找到清末举人、著名书画家秦松年为一个学生所写的斗方题字，也是他七十岁后的绝笔，再由一幅字引出革命烈士郑克功的人品和生平遭遇，按照时间顺序写出后者的生平事迹。这种"设谜"和"解谜"的写作过程亦由此暗示出"绝笔"的两层意思：一是书法家秦松年为学生郑克功写的绝笔，一是郑克功被日本鬼子抓住后搜出了他写的宣传抗日的产品，是他唯一留给后人的书法作品，也就是他的绝笔。需要指出的是，尽管《绝笔》中的创新手法具有一定的文学史价值，不过这种设伏笔手法却属于现实主义的范围。从某个角度来说，萧平此时的小说创作正在回归现实主义手法，文学理念走向保守，可说他在艺术形式创新之路上并没有走得很远。

萧平在 2005 年发表的《春闺梦》，是近耄耋之年发表的一部短篇小说，也是他创作生涯中的最后一部小说。对京剧的爱好显然是他写作此文的主要动力，体现出他对中国传统文化的热爱与思想上的回归。因此，尽管《春闺梦》在结构安排上颇具新意，其中一个显著特点是互文性结构："需要注意的是小说文本中存有的各种互文关系都来自业已形成的文化传统，都是传统中固有的一种被认可的客观关系，小说中各种关系在与强大传统文化撞击中闪现出耀眼的光芒和丰富的内蕴。"① 不过从整体特点上来说，这与其说是作者有意汲取西方的互文理论来进行创作，不如说是他吸取中国京剧艺术象征手法后的一种写作策略。《春闺梦》不但是一部中国古典戏剧，而且也包含着丰富的象征寓意：既是指中国古代妇女在丈夫参加战争后的"春闺梦"，又指战争期间现代中国女性痛失所爱之人的"春闺梦"。可说这是一直被传唱的"可怜无定河边骨，犹是春闺梦里人"的古典爱情悲剧故事，跨越千年在20世纪30年代的中国重新上演。具体来说，在这部以痴爱京剧表演艺术的地主少爷李少川和因家庭落魄下海唱戏的金如秋两人的爱情悲剧的小说中，以京剧《春闺梦》作为贯穿始终的中心意象，男女主人公因演这部戏心意相通而生情并结婚，后来他们的行为因为被军阀恶霸干涉和不被世俗所容而离开这里另寻生路，再到李少川在军阀战争中被打死，只剩下悲痛欲绝的金如秋再也无法唱完《春闺梦》。在这里，金如秋也犹如那个春闺梦破的戏中女子一样，永远无法

---

① 董希文：《萧平小说〈春闺梦〉叙事学分析》，《鲁东大学学报》2007年第2期。

再等来爱人的归来和团聚，因此她也结束了自己的京剧生命，最后的结局是不知所终："第二天她便回沈阳了，以后便没有她的消息。"[1] 不过需要指出的是，这个凄婉的爱情悲剧虽然具有一定的感人力量，但是从文学史的角度来考察的话，故事情节和人物塑造上却又落于俗套：李少川和金如秋的爱情属于中国传统的才子佳人模式，而且正直的地主少爷搭救落魄少女不被恶霸欺辱的情节，这亦在中国古典白话小说和戏曲故事中常见。不仅如此，金如秋在故事结尾的"殉情"行为——不再表演京剧和不知所终，显然使她更具有中国传统文学中的"烈女"特点，因而她与李少川的爱情悲剧也属于中国古典文学悲剧的范畴。从这个角度来说，《春闺梦》更多地化用了中国古典小说手法中的一些因素，而不再吸收西方现代主义和后现代主义等因素。与 80 年代初期的《陵园守墓人》相比，《春闺梦》在艺术上的创新追求的确不如前者，这亦说明萧平对艺术创新的追求有限。

究其原因，这可能与这个出生于 20 世纪 20 年代的作家受到现实主义文学理念的深刻影响和限制有关。在 1987 年，萧平在访谈录《文学·社会·理性——关于新时期文学的对话》中明确指出："我赞同马克思主义文艺理论这一重要原理：文学是社会生活的反映，社会生活是创作的唯一源泉；文学对社会生活具有反作用，即具有社会教育作用。社会学

---

① 萧平：《萧平中短篇小说自选集》，中国文联出版社 2008 年版，第 240 页。

的文艺批评不能否定。"① 他在创作中还提倡艺术感受，反对
"非理性化的迷乱"，认为当时文坛的状况是："思想直露的作
品少见了，但却经常见到令人无论如何也猜不出作者究竟想
说些什么的作品。"② 可以这样说，萧平新时期以来尽管认可
并借鉴西方现代派文学的某些艺术技巧，但是他却反对后者
带有个人主义、无政府主义特点的思想观念，因此他的想法
可能和王蒙、茹志鹃等老作家相似，可以吸取西方现代文学
的一些因素并进行有限度的艺术实验，但是却是以现实主义
理念为指导，浅尝辄止，不愿意在艺术创新的实践上走得太
远。或许这也与萧平的年龄和生活背景有关，作为与王蒙、
茹志鹃同龄的老一代作家，萧平在文学上的创新求变意识没
有自己的学生张炜、矫健、滕锦平等人的强烈和大胆，这大
概也是萧平的创作在 20 世纪 90 年代之后的中国文坛逐渐沉
寂的一个主因。

　　还要注意的是，在中国当代批评界曾出现一个颇令人感
到奇怪的现象，就是对萧平的评价。尽管在洪子诚的《中国
当代文学史》和《山东文学通史》、安家政的《胶东当代文学
史略》、陈爱强和张清芳合著的《胶东红色文学研究》等文学
史著作中，均提到作为中国当代文学、山东文学的代表性作
家萧平和其创作特点，然而单篇发表的评论性文章却并不多，
尤其是在"文化大革命"前。究其原因，可能与《三月雪》

---

① ② 萧平：《文学·社会·理性——关于新时期文学的对话》，《烟台师院学报》
　　1987 年第 1 期。

《除夕》等小说在当时的波折命运有关。在当时的社会大环境下，刚崭露头角的萧平还未来得及引起当时批评家的重视就被批判，这个业余作家的创作之路注定会坎坷曲折，这也是他在"文革"前创作少的一个主因。此外，在80年代中后期寻根文学、先锋文学等小说流派出现以来，文学理念不断更新、写作手法不断花样翻新，他尽管在1983的《陵园守护人》中也使用了蒙太奇、意识流等现代主义手法使该小说的艺术成就可与获第四届鲁迅短篇小说奖（2004—2006）的李浩的《将军的部队》等作品相媲美，在20世纪90年代以来发表的《无常》《第十八个》等中对命运无常的慨叹、对多声部叙述的探索都带有先锋小说的试验色彩，但可惜这种艺术探索却犹如昙花一现。由于萧平始终秉承现实主义中的"艺术家的情感必须同时代精神合拍，同人民的情感相通，只有这样才能把握到生活中的美"①，坚持现实主义的创作原则和精神，这使他的作品虽然构思精巧、语言精练准确、充满诗情画意并有一定的新意，但是这种优点在某种程度上又限制了他在艺术创新实验中走得更远，使他在同时代文学大潮中无法成为"领头羊"，自然无法引起批评家的瞩目。这也成为中国当代文学史中的一个缺憾。

---

① 萧平：《艺术的特性》，《烟台师范学院学报》1984年创刊号。

# 第五章

# 文化"寻根"及奇人奇事

## ——重读阿城《棋王》

阿城在 1984 年发表的短篇小说《棋王》，被认为是寻根文学中能够体现中国道家文化的一部典型代表作，在中国当代文学史上占据不可或缺的地位。

这部小说从结构上说，共分为四个部分。其中第一部分写知青离开北京时，在车站的送别以及人们在车厢中的情形。小说开头"车站是乱得不能再乱。成千上万的人都在说话，谁也不去注意那条临时挂起来的大红布标语。这标语大约挂了不少次，字纸都折得有些坏。喇叭里放着一首又一首的毛主席语录歌儿。"[①] 这段描写，通过特有的时代标志点明了时间背景是 20 世纪 60 年代"文化大革命"时期。接着，小说便写到了"我"，因为全文是以"我"的眼光来介绍王一生，以"我"的叙述来贯穿整部小说的。

这部小说的独特之处首先在于凝练节制、感情内敛的语言。小说受古典白话文（中国笔记体小说）影响很大，带有

---

① 阿城:《棋王》，作家出版社 1985 年版，第 25 页。

古典白话文的某些特征——重在描述出某种场景，却极少铺展开议论和评价，与经典的现实主义小说夹叙夹议的、经常进行伦理价值判断的行文风格不同。此外，塑造人物也主要是通过人物的语言与行动，不同于现实主义小说注重人物内在心理波动。

　　小说的背景十分简洁明快。如果是 50—70 年代的现实主义小说，一般会对这种混乱场景进行再多一点的抒情性描绘并强化这种背景，例如父母、亲戚朋友或是同学在送行时哭泣得难舍难分或是描绘出依依惜别的母子亲情、父女亲情等其他更感人的场景。比如食指于 1968 年底创作的诗歌《这是四点零八分的北京》① 中对知青在北京站即将乘坐火车去上山下乡之地的离别场景进行了仔细描摹。

> 这是四点零八分的北京
>
> 一片手的海洋翻动
>
> 这是四点零八分的北京
>
> 一声尖厉的汽笛长鸣
>
> 北京车站高大的建筑
>
> 突然一阵剧烈的抖动
>
> 我吃惊地望着窗外
>
> 不知发生了什么事情
>
> 我的心骤然一阵疼痛，一定是

---

① 食指：《食指的诗》，人民文学出版社 2000 年版，第 47—48 页。

妈妈缀扣子的针线穿透了我的心胸

这时，我的心变成了一只风筝

风筝的线绳就在妈妈的手中

线绳绷得太紧了，就要扯断了

我不得不把头探出车厢的窗棂

直到这时，直到这个时候

我才明白发生了什么事情

——一阵阵告别的声浪

就要卷走车站

北京在我的脚下

已经缓缓地移动

我再次向北京挥动手臂

想一把抓住她的衣领

然后对她大声地叫喊：

永远记着我，妈妈啊北京

终于抓住了什么东西

管他是谁的手，不能松

因为这是我的北京

是我的最后的北京

　　这首著名的诗歌写的是作家食指要离开北京上山下乡，诗中通过手的海洋来表现离别场景，用"妈妈缀扣子的针线穿透了我的心胸"来表现我离开北京时的伤感，十分生动形象。这里的妈妈也与下文北京——我的妈妈形成对照对应。

"这时，我的心变成了一只风筝，风筝的线绳就在妈妈的手中，线绳绷得太紧了，就要扯断了"将自己与妈妈的关系比喻成了风筝与线，也就是说自己始终心系母亲，也是十分的生动形象。"我再次向北京挥动手臂，想一把抓住她的衣领，然后对她大声地叫喊：永远记着我，妈妈啊北京"这里通过转喻方式将"北京"与"妈妈"，即故乡与母亲直接联系在一起，表现出我离开时的不舍与感伤。

下面的情节开始交代叙事者"我"的生活背景与经历，从中可以了解"我"作为知青离开北京的社会背景："我虽孤身一人，却算不得独子，不在留城政策之内。我野狼似的在城里转悠一年多，终于决定还是走吧。此去的地方按月有二十几元工资，我便很向往，争了要去，居然就批了。"[1] "我争得这个信任和权利，欢喜是不用说的，更重要的是，每月二十几元，一个人如何用得完？"[2] 此处这个句子有一个作用，依然是交代背景：很多知青愿意上山下乡是为了得到每个月的工资养活自己，解决个人生存与生活问题。这也是普通人的知青生活。但也并不是每个人都有机会去上山下乡。

下面的故事情节逐渐引出王一生。由于没有亲戚朋友来为"我"送行，因此孤单的"我"就坐到车厢里，也就遇到了同样没有人送别的王一生："我走动着找我的座位号，却发现还有一个精瘦的学生孤坐着，手笼在袖管儿里，隔窗望着

---

[1] 阿城：《棋王》，作家出版社 1985 年版，第 25 页。
[2] 阿城：《棋王》，作家出版社 1985 年版，第 25—26 页。

车站南边儿的空车皮。"① 而这个学生见到"我"的第一句话就是:"下棋吗?"② 然后两人在嘈杂吵闹的车厢中开始下象棋。这里通过人物的语言与行动来逐渐展现人物的性格特征,显然带有中国说书体白话小说的特征,这一点与《红旗谱》相似。然而《红旗谱》中第一人称的叙事主人公基本没出现。这很能体现出阿城小说的特点。

阿城的小说同时又带有民族性,与《红高粱》这种具有意识流动的典型现代小说不同,其民族性主要体现在象棋术语上。小说中通过这个学生之口出现下象棋的术语:"这炮二平六的开局,我在郑州遇见一个名手,就是这么走,险些输给他。炮二平五当头炮,是老开局,可有气势,而且是最稳的。"③ 然而从小说全文来看,这种象棋术语只出现在这里,表明王一生精通棋艺,然而在后来的小说内容中,再次谈论象棋棋局与剑拔弩张的对弈情景时均没有出现过这种术语。或许这和作者考虑到普通读者很少有人懂象棋密切相关。而从实际阅读效果来说,把抽象甚至晦涩的象棋术语拟人化为古代战争场面更易于读者接受,也更具有形象性和吸引力。这也契合现实主义精神的小说创作宗旨:塑造曲折动人的故事情节与丰满生动的人物形象,通过具体的形象来表现出细节,产生较为真实的审美效果。例如小说后面也多次采用拟人化手法来写棋局对立,特别是在文章最后写王一生与九人下盲棋的部分。

---

① ② 阿城:《棋王》,作家出版社 1985 年版,第 26 页。
③ 阿城:《棋王》,作家出版社 1985 年版,第 27 页。

但实际上，"我"并不精通象棋，因此很快就失去耐心，不想继续下棋。而且与这个学生一心下棋的冷静心情相比，"我"实际上还是受到月台送别情绪的一些影响，"我就站起身，也隔着玻璃往北看月台上。月台上的人都拥到车厢前，都在叫，乱成一片。车身忽地一动，人群'嗡'的一下，哭声四起"①。这个送别场景比此前的描述更详细一些，然而依然属于不掺杂很多个人情感的白描手法。

然后这个学生又邀请送水的人下棋。直到我的一个同学因为打牌"四缺一"找到"我"，然后通过他的话揭露出下棋学生的身份："同学走到我们这一格，正待伸手拉我，忽然大叫：'棋呆子，你怎么在这儿？你妹妹刚才把你找苦了，我说没见啊。没想到你在我们学校这节车厢里，气儿都不吭一声儿。你瞧你瞧，又下上了。'"②这里透露出几个信息：一是他特别喜欢下棋，与遇到的任何人下棋是常见现象；二是这是一个性格奇特的人——奇人，不愿见到妹妹来送别，而是单独待着找人下棋，或许也是因为此前他所说话中的理由："我他妈要谁送？去的是有饭吃的地方，闹得这么哭哭啼啼的。"③这是主人公王一生"棋呆子""棋痴"性格的一个最早体现。寻根小说的一个特征就是描述能够体现中国传统文化之根的奇人奇事，因此王一生性格的"奇"就成为一个描述重点。而在小说后半部分也是重点塑造他是"奇人"的性格

① 阿城：《棋王》，作家出版社 1985 年版，第 27 页。
② 阿城：《棋王》，作家出版社 1985 年版，第 28 页。
③ 阿城：《棋王》，作家出版社 1985 年版，第 26 页。

特征:拒绝"脚卵"通过送礼方式为他争取到的参加地区象棋比赛的名额,又不愿意完全违背朋友的好心,而是折中方式,即只和赢得比赛的前三名进行比赛。

顺理成章地,小说开始通过"我"的听说来交代王一生的传奇性的下棋经历:先是在各个学校下棋学生中逐渐崭露头角,而且出现下棋逸事 —— 被小偷瞄上,利用他下棋水平高超而趁机偷人钱包:"就这样,在一处呆子可以连杀上一天,后来有那观棋的人发觉钱包丢了,闹嚷起来。慢慢有几个有心计的人暗中观察,看见有人掏包,也不响,之后见那人晚上来邀呆子走,就发一声喊,将扒手与呆子一齐绑了,由造反队审。呆子糊糊涂涂,只说别人常给他钱,大约是可怜他,也不知钱如何来,自己只是喜欢下棋。审主看他呆相,就命人押了回来,一时各校传为逸事。"[1]

除此之外,王一生的逸事还包括不愿意拜一个国内名手为师父,却愿意帮一个棋艺高超的捡烂纸老头干活:"后来呆子认识了一个捡烂纸的老头儿,被老头儿连杀三天而仅赢一盘。呆子就执意要替老头儿去撕大字报纸,不要老头儿劳动。"[2]从这个角度说,这属于交代"前情"并初步勾勒王一生的性格特点:王一生除了下棋之外,对外界和人生情态一窍不通,或曰从不关注,而是一直活在象棋的世界中,正是因为这样王一生才会将盲棋下得如此熟练,这里形成了一个呼应。王一生更像一个天真的、保持本心的"赤子",更确切地

---

[1] 阿城:《棋王》,作家出版社 1985 年版,第 29—30 页。

[2] 阿城:《棋王》,作家出版社 1985 年版,第 30 页。

说是"棋呆子"。

然而这个痴迷于下棋的"赤子"却并非完全不理世事，他除了下棋之外，还有一件关心之事。这部小说慢慢引出了这件"关心之事"，当王一生听到"我"父母双亡之后的两年时间是依靠"混"生存下来的，就发表感慨："混可不易。一天不吃饭，棋路都乱。不管怎么说，你父母在时，你家日子还好过。"① 当"我"说因为迷上某件事可以不吃饭时，王一生却并没有同意这个看法。然后颇有意思的是，因"我"不愿下棋，王一生最喜欢聊的就是关于"我"在父母双亡后是如何获得温饱生存下来，并且问得特别详细，尤其是关于一些细节方面的，还提出"吃"与"馋"的区别。从这些言谈话语中，可以间接了解到王一生的家庭应该不富裕，并且他本人很注重吃。

对于王一生的"吃"，通过"我"的视角来写出下面的细节，也是常被读者津津乐道的地方："列车上给我们这几节知青车厢送饭时，他若心思不在下棋上，就稍稍有些不安。听见前面大家拿饭时铝盒的碰撞声，他常常闭上眼，嘴巴紧紧收着，倒好像有些恶心。拿到饭后，马上就开始吃，吃得很快，喉结一缩一缩的，脸上绷满了筋。常常突然停下来，很小心地将嘴边或下巴上的饭粒儿和汤水油花儿用整个儿食指抹进嘴里。若饭粒儿落在衣服上，就马上一按，拈进嘴里。若一个没按住，饭粒儿由衣服上掉下地，他也立刻双脚不再

---

① 阿城：《棋王》，作家出版社 1985 年版，第 31 页。

移动，转了上身找。这时候他若碰上我的目光，就放慢速度。"①这一段主要是通过人物的动作来表现人物性格。文中写道"这时候他若碰上我的目光，就放慢速度"，从这里可以看出王一生察觉到我的目光后而感到不好意思。

颇有趣的是，尽管没有直接证据表明《棋王》中细致描绘王一生吃相的细节影响到刘震云发表于 1986 年的《狗日的粮食》中一家人在生活苦难时期的吃饭场景，但后者同样写到了吃完饭不刷碗，母亲让孩子们伸出舌头把碗底舔干净情节："脑勺上挨一掌，腮上掉着泪，下巴上挂着舌，小脸儿使劲儿往碗里挤，兄妹几个干得最早、最认真的正经事就是这个。外人进了天宽家，赶巧了能看见八个碗捂住一家人的脸面，舌面在粗瓷上的摩擦声、吧嗒声能把人吓一大跳。"②除此之外，《棋王》中还有关于吃的两处细节和余华发表于 1992年的长篇小说《活着》同样堪为典范。

阿城在《棋王》中对王一生吃相的描写非常生动传神，他写道："有一次，他在下棋，左手轻轻地叩茶几。一粒干缩了的饭粒儿也轻轻跳着。他一下注意到了，就迅速将那个干饭粒儿放进嘴里，腮上立刻显出筋络。我知道这种干饭粒儿很容易嵌到槽牙里，巴在那儿，舌头是赶它不出的。果然，待了一会儿，他就伸手到嘴里去抠。终于嚼完，和着一大股口水，'咕'的一声儿咽下去，喉结慢慢移下来，眼睛里有了泪花。他对吃是虔诚的，而且很精细。有时你会可怜那些饭

---

① 阿城：《棋王》，作家出版社 1985 年版，第 33 页。
② 刘恒：《狗日的粮食》，江苏文艺出版社 2003 年版，第 4 页。

被他吃得一个渣儿都不剩，真有点儿惨无人道。"[1]这段经典的描写，经常在文学史中被引用，以此来表现王一生对于吃的虔诚。而王一生之所以这样注重吃，也是与他的家世背景及人生观有关。文中写道，因为王一生对吃的执着与独特，为此我给他讲述杰克·伦敦的短篇小说《热爱生命》，而王一生认为作家并不真正理解遭受过饥饿折磨的人的感受："他不耐烦地打断我说：'怎么不是嘲笑？把一个特别清楚饥饿是怎么回事儿的人写成发了神经，我不喜欢。'"[2]与我讲述的世界名著中牵涉到"吃"的故事相对比，王一生却讲述了一个家喻户晓的教育孩子要节约的儿童故事，并且有自己的道理："他摇摇头，说：'这太是吃的故事了，首先得有饭，才能吃，这家子有一囤一囤的粮食。可光穷吃不行，得记着断顿儿的时候，每顿都要欠一点儿。老话儿说'半饥半饱日子长'嘛。'我想笑但没笑出来，似乎明白了一些什么。"[3]这种朴素的道理显然来自王一生的日常生活经验与人生经历。如果说"我"从自己的家庭背景出发曾不认同王一生的观点，但是随着两人交谈的深入与了解的深入，故事叙事慢慢地呈现出王一生的家庭背景。当他说道"何以解忧，唯有下棋"时，我问他是不是读过曹操的《短歌行》，他问："啥叫《短歌行》？"[4]这是因为王一生初中毕业，所以对于这些知识并不了解，加上他母亲对他多次的教育都能体现出王一生的家庭背景并不

① 阿城：《棋王》，作家出版社 1985 年版，第 34 页。
② 阿城：《棋王》，作家出版社 1985 年版，第 35 页。
③④ 阿城：《棋王》，作家出版社 1985 年版，第 36 页。

富裕，而这也决定了他的"吃"观点的形成。

关于小说前面提到的捡烂纸老头儿，其传授给王一生棋艺的故事，是通过王一生自己讲述出来的。而把这个老人也写成"奇人""异人"，是由寻根文学的特点所决定的。老人在赠送给王一生一本祖传下来的棋谱后，给后者讲述棋谱或曰人生道理时说道："棋运不可悖，但每局的势要自己造。棋运和势既有，那可就无所不为了。玄是真玄，可细琢磨，是那么个理儿。我说，这么讲是真提气，可这下棋，千变万化，怎么才能准赢呢？老头儿说这就是造势的学问了。造势妙在契机。"[1] 这一大段话是从中国传统道家思想的角度来分析棋理，语言佶屈聱牙，且充满神秘色彩，此处充分彰显出道家文化的博大精深与神秘莫测。然而这种棋道却不能作为谋生手段，因为老人的家传祖训是"'为棋不为生'，为棋是养性，生会坏性，所以生不可太盛"[2]。这里与下文中的倪斌（外号脚卵）说的"棋虽然是家里传下的，可我实在受不了农场这个罪，我只想有个干净的地方住一住，不要每天脏兮兮的。棋不能当饭吃的，用它通一些关节，还是值的"[3] 形成一个对照，也是小说精心安排的伏笔。这大概也是脚卵因为太拘泥于外部生活条件无法达到灵魂上的真正超脱而败于王一生的深层原因。

在这里，捡烂纸老人被塑造成一位生活在民间的奇人与高手，这也是寻根文学有意塑造出的 —— 只有隐藏在芸芸众

①② 阿城：《棋王》，作家出版社 1985 年版，第 39 页。
③ 阿城：《棋王》，作家出版社 1985 年版，第 68 页。

生中的高人才是真正的高手，也只有经由他们的传授，主人公王一生才能突破已有瓶颈，真正超脱自我并达到天人合一的最高棋道与人生境界。

如果深究的话，会发现在王一生成长为"棋王"的历程中，巧遇生活于社会底层的民间奇人授家传棋谱的这段传奇经历，颇类似于金庸的很多武侠小说，例如《射雕英雄传》《笑傲江湖》等中的男主人公都有遇到传授武艺的奇人与奇遇才成长为武艺高强的侠士之经历。而金庸这些武侠小说的传奇性与故事性在一定程度上吸收了中国古典小说中的成分。从这个角度说，《棋王》或许吸收过唐宋传奇小说中的某些因素与情节模式。

在小说第二部分中，首先是描述知青生活的清苦，因此大家对吃的态度也都像王一生一样用心与热切："吃饭钟一敲，大家就疾跑如飞。大锅菜是先煮后搁油，油又少，只在汤上浮几个大花儿。落在后边，常常就只能吃清水南瓜或清水茄子。米倒是不缺，国家供应商品粮，每人每月四十二斤。可没油水，挖山又不是轻活，肚子就越吃越大。我倒是没什么，毕竟强似讨吃。"①

用耳朵来"吃"的精神会餐，这也属于一种"奇"事的描写。阿城对于吃的描述很详细："晚上大家闲聊，多是精神会餐。我又想，呆子的吃相可能更恶了。我父亲在时，炒得一手好菜，母亲都比不上他。星期天常邀了同事，专事品尝，

---

① 阿城：《棋王》，作家出版社 1985 年版，第 40—41 页。

我自然精于此道,因此聊起来,常常是主角,说得大家个个
儿腮胀,常常发一声喊,将我按倒在地上,说像我这样儿的
人实在是祸害,不如宰了炒吃。"①

　　而大家在吃不饱饭的夜晚闲聊美味饭菜,一方面既符合
事实又有苦中作乐的乐观精神——大家都想通过想象和联想
来填饱肚子,另一方面启发后来者借此细节来描述生活中的
艰难。最典型的是余华20世纪90年代中期所写的长篇小说
《许三观卖血记》中许三观在60年代生活困难时期过生日那
一天,在晚上睡前给三个年龄尚小的、吃不饱饭的儿子及妻
子讲述炒精美饭菜的故事:

　　"许三观说:'你最多只能吃四片,你这么小一个人,五
片肉会把你撑死。我先把四片肉放到水里煮一会儿,煮熟
就行,不能煮老了,煮熟后拿起来晾干,晾干以后放到油锅
里一炸,再放上酱油,放上一点五香,放上一点黄酒,再放
上水,就用文火慢慢地炖,炖上两个小时,水差不多炖干时,
红烧肉就做成了……'②

　　"许三观听到了吞口水的声音。'揭开锅盖,一股肉香是
扑鼻而来,拿起筷子,夹一片放到嘴里一咬……'③

　　"许三观听到吞口水的声音越来越响。'是三乐一个人在
吞口水吗?我听声音这么响,一乐和二乐也在吞口水吧?许
玉兰你也吞上口水了,你们听着,这道菜是专给三乐做的,

---

① 阿城:《棋王》,作家出版社1985年版,第41页。
② 余华:《许三观卖血记》,作家出版社2011年版,第120页。
③ 余华:《许三观卖血记》,作家出版社2011年版,120—121页。

只准三乐一个人吞口水，你们要是吞上口水，就是说你们在抢三乐的红烧肉吃，你们的菜在后面，先让三乐吃得心里踏实了，我再给你们做。三乐，你把耳朵竖直了……夹一片放到嘴里一咬，味道是，肥的是肥而不腻，瘦的是丝丝饱满。我为什么要用文火炖肉？就是为了让味道全部炖进去。三乐的这四片红烧肉是……三乐，你可以慢慢品尝了。接下去是二乐，二乐想吃什么？'"①

然后，许三观给其他两个儿子、妻子许玉兰和自己分别"用嘴炒菜"的方式，做了每个人喜欢的美味。这段描写成为《许三观卖血记》中的一段经典细节，读来既觉得可笑可乐，又充满一种悲哀感伤情绪，可说达到了鲁迅所倡导的"笑中含泪"的审美效果，且与全文的幽默谐谑风格相一致。

如果说继续追溯"用嘴炒菜，用耳朵来吃"这个典故的原型，其实除了"望梅止渴"的历史故事之外，还有广为流传的《笑林广记·下饭》："二子午餐，问父用何物下饭，父曰：'古人望梅止渴，可将壁上挂的腌鱼望一望，吃一口，这就是下饭了。'二子依法行之。忽小者叫云：'阿哥多看了一眼。'父曰：'咸杀了他。'"②

如果把《棋王》与《许三观卖血记》中的"用嘴炒菜"情节相比较，那么前者只是作为知青清苦生活中的一个调剂品一谈而过，然而在余华那里却被铺陈成一个被仔仔细细地描写出每个细枝末节的几个"用嘴炒菜"的有趣故事，也是

---

① 余华：《许三观卖血记》，作家出版社 2011 年版，第 121 页。
② 游戏主人编，桑圣彤译：《笑林广记》，崇文书局 2015 年版，第 147—148 页。

作者有意重点体现的一个生活细节。这也凸显出两位作家在语言风格与情节构思上的不同。

接着写到王一生在夏天时来到"我"所在的农场，"棋王"的故事得以继续。这部分内容依然与"吃"有关。当"我"下山后带着王一生回到自己的宿舍，他在洗完澡后又与"我"讨论到吃的方面，认为："人要知足，顿顿饱就是福。"[①]然而对于"我"来说，物质上的吃饱并不是生活的全部，而是要求一种精神上的"吃得满足"："不用吃了上顿惦记着下顿，床不管怎么烂，也还是自己的，不用蹿来蹿去找刷夜的地方。可是我常常烦闷的是什么呢？为什么就那么想看看随便什么一本书呢？电影儿这种东西，灯一亮就全醒过来了，图个什么呢？可我隐隐有一种欲望在心里，说不清楚，但我大致觉出是关于活着的什么东西。"[②]这里显然牵涉对"人为什么活着""应该怎样活着的"的哲学思考与探索，或曰这是当时下乡知青面对的一个普遍精神苦闷的问题。

等"我"再次询问王一生家里情况时，他告诉我家庭的贫困及家庭成员的情况：母亲在新中国成立前当过妓女，被人赎买后当小老婆，后来因为受不了主家虐待和别人跑了，这个人就是王一生的生父。新中国成立后生父离开他们，王一生的母亲跟了现在王一生的养父。父母二人都不识字，收入也就很低。对于始终生活在贫困处境中的百姓来说，物质层面上的"吃饭"才是最重要的大事，母亲的至理名言是：

---

① 阿城：《棋王》，作家出版社1985年版，第44页。
② 阿城：《棋王》，作家出版社1985年版，第44—45页。

"可你记住，先说吃，再说下棋。等你挣了钱，养活家了，爱怎么下就怎么下，随你。"[1]而母亲在重病去世前，她把由捡来的牙刷把磨成的一副无字棋留给王一生。这个情节很感人，不过如果深究，那么这个"临终留遗言和遗物"的情节似曾相识，带有某种范式痕迹：尽管不如50—70年代文学中的话剧《千万不要忘记》《三月雪》等作品中的"痛说革命家史"等类似情节具有典型性、典范性，也不是激发子孙后辈继承革命先烈遗志或是改变自私的享受堕落思想的关键物品，然而却仍然成为普通劳动人民通过口口相传得以留给后辈的关于生存处事的一种精华性思想。在这里，这个情节所出现的细微改动，说明80年代的文学作品在情感表达方式、情节构思等方面，在某种程度上均无法与当代文学50—70年代的作品彻底决裂，这也是由隐藏在人们文化精神结构潜意识中的诸多传承性因素所决定，不论是隐是显。

对于外号叫"脚卵"的倪斌形象描写及他见到王一生后的做派："脚卵是南方大城市的知识青年，个子非常高，又非常瘦。动作起来颇有些文气，衣服总要穿得整整齐齐，有时候走在山间小路上，看到这样一个高个儿纤尘不染，衣冠楚楚，真令人生疑。脚卵弯腰进来，很远就伸出手来要握，王一生糊涂了一下，马上明白了，也伸出手去，脸却红了。"[2]可以与"我"在火车上第一次见王一生时的情景相互对照，所以王一生由于不习惯等原因脸红和局促。这也是把脚卵作为

---

① 阿城：《棋王》，作家出版社1985年版，第49页。
② 阿城：《棋王》，作家出版社1985年版，第50页。

世家子弟的形象来与王一生的形象进行对比、对照，突出后者的性格特征。而且说明小说抓住了主要人物的性格特征，非常传神生动。

《棋王》中关于"吃"的描写堪称经典，可以说一方面开了中国文坛"饮食书写"风气之先，另一方面也是通过"吃"来突出人物性格特征。这可从小说中的描写看出："我将酱油膏和草酸冲好水，把葱末、姜末和蒜末投进去，叫声：'吃起来！'大家就乒乒乓乓地盛饭，伸筷撕那蛇肉蘸料，刚入嘴嚼，纷纷嚷鲜。我问王一生是不是有些像蟹肉，王一生一边儿嚼着，一边儿说：'我没吃过螃蟹，不知道。'脚卵伸过头去问：'你没有吃过螃蟹？怎么会呢？'王一生也不答话，只顾吃。脚卵就放下碗筷，说：'年年中秋节，我父亲就约一些名人到家里来，吃螃蟹，下棋，品酒，作诗。都是些很高雅的人，诗作得很好的，还要互相写在扇子上。这些扇子过多少年也是很值钱的。'"[1]本来脚卵的目的是想通过家里经常吃螃蟹来炫耀，同时也带有一些回忆，来说自己的家庭背景优越，这也说明脚卵作为象棋世家子弟带着优越感与自信，他内心也充满会打败王一生的自信。同时这也是脚卵潜意识心理上的一个投射：他不甘心待在艰苦的农场里当一个务农的知青。这与前面写他衣着干净整洁的外表相呼应，还与他在总场参加篮球比赛时不愿去抢球的场景形成再一重呼应。

等到晚上两人开始下棋。对下棋的过程是通过旁观人

---

[1] 阿城：《棋王》，作家出版社1985年版，第53页。

的视角来写的，只写出了王一生和脚卵的外部动作和行为表现，却没有两人的心理与心情的直接描绘与揭示："走出十多步，王一生有些不安，但也只是暗暗捻一下手指。走过三十几步，王一生很快地说：'重摆吧。'大家奇怪，看看王一生，又看看脚卵，不知是谁赢了。脚卵微微一笑，说：'一赢不算胜。'就伸手抽一支烟点上。王一生没有表情，默默地把棋重新码好。两人又走。又走到十多步，脚卵半天不动，直到把一根烟吸完，又走了几步，脚卵慢慢地说：'再来一盘。'大家又奇怪是谁赢了，纷纷问。王一生很快地将棋码成一个方堆，看着脚卵问：'走盲棋？'脚卵沉吟了一下，点点头。两人就口述棋步。好几个人摸摸头，摸摸脖子，说下得好没意思，不知道谁是赢家。就有几个人离开走出去，把油灯带得一明一暗。"①

　　下盲棋的结果是脚卵认输。而从两人对弈的情况来推测，前面两局棋也都是王一生赢了，只是两位棋手都没有加以说明，或许是他们不愿意加以解释给脚卵留面子，而且从中可以看出王一生棋艺的高超：第一局是走了三十几步赢，第二局则是走了十多步就很快了，等到下盲棋时，脚卵主动认输。作者是如此描述的："油灯下，王一生抱了双膝，锁骨后陷下两个深窝，盯着油灯，时不时拍一下身上的蚊虫。脚卵两条长腿抵在胸口，一只大手将整个儿脸遮了，另一只大手飞快地将指头捏来弄去。说了许久，脚卵放下手，很快地笑

---

① 阿城：《棋王》，作家出版社1985年版，第54—55页。

一笑，说：'我乱了，记不得。'就又摆了棋再下。不久，脚卵抬起头，看着王一生说：'天下是你的。'"[1]然后脚卵劝王一生以后可以报名参加全区比赛。到午夜大部分散去之后，脚卵又拿出好吃的东西来给六人夜餐。这种描写方式把饮食与下棋场景互相穿插，也成为调节小说节奏舒缓相间的一种方式，同时为后面部分王一生与包括山区象棋世家出身的冠军在内的九人一起下盲棋并争得"棋王"称号的故事情节进行铺垫。

在小说第三部分开头，通过脚卵讲述自己家传的棋路来自元朝大家倪云林的"以禅理入棋"的路数，一方面说明王一生的棋艺特别高超，连脚卵都不明白他的棋路到底来自什么；另一方面这也是一个伏笔：为后来王一生战胜那位六十多岁老人，即本届象棋冠军后，后者所说的那些玄妙的话与脚卵的话相呼应，也是为了突出一种神秘感、奇特感。

等半年之后到参赛时间，包括"我"在内的知青都请假一起去总场，也希望能够见到半年来由于各种原因没有互通消息的王一生。作者专门写到关于王一生这半年来的踪迹只是通过"这里那里传来消息"才能得知，这可与"我"早在离开北京的火车上初次遇到王一生之前所听到的"棋呆子"传奇性经历形成一种对照，同样也是对成为知青后的王一生"神龙见首不见尾"的传奇色彩进一步渲染——对很多人来说，王一生活在传说中，他也正逐渐经历从"棋呆子"到

---

[1] 阿城：《棋王》，作家出版社1985年版，第55页。

"棋王"的转变。

等大家到总场之后，第一件事情仍然是吃饱："可是大家仍然很兴奋，觉得到了繁华地界，就沿街一个馆子一个馆子地吃，都先只叫净肉，一盘一盘地吞下去，拍拍肚子出来，觉得日光晃眼，竟有些肉醉，就找了一处草地，躺下来抽烟，又纷纷昏睡过去。"[1] 这种描写既符合知青们的生活实际情况，又不脱离小说的一个主旨：民以食为天，饮食是人类生存之本。

因为大家在总场文体干事的花名册中没有找到王一生报名参加棋类的名字，我们就去找脚卵，由此又引出脚卵来。非常可笑的是，擅长下棋的脚卵却因为个子高被强迫分配到篮球队参加篮球比赛。也是因为脚卵参加了篮球比赛，所以他就无法参加象棋比赛，等观看王一生与象棋获胜者比赛时，脚卵成为一名观棋者。然而小说却主要用"我"的所见所闻与视角来写王一生棋赛得胜及成为"棋王"的过程。作者的主要目的可能是取得小说情节上的通俗易懂与娱乐性。因为如果是作为受过象棋专业训练的脚卵来旁观甚至解说王一生赛棋过程的话，会因为象棋术语太多而影响到广大不懂象棋的读者对紧张赛事局面的感性层面理解，反而达不到小说作品要达到的那种感同身受的阅读感受。

小说情节在继续推进，比赛后脚卵住在地区文教书记家中，而他与这个书记之间的渊源与关系，在脚卵和王一生下

---

① 阿城：《棋王》，作家出版社 1985 年版，第 59 页。

棋那天已经通过脚卵的口交代过。当我们大家再次在街上遇到王一生，才知道后者因为总请事假所以分厂不准他报名参赛，但是他还是想看看地区的象棋大赛，因此我们大家都陪他留下，然后才出现了此后的故事。

　　由脚卵带着大家到文教书记家中，从比赛日程表中得知地区象棋比赛有三天时间，因此决定陪着王一生待在这里观看。王一生把大家带到文化馆画家那里，给大家提供了一个免费住宿的地方。见到画家后，画家很热情，建议晚上大家到大礼堂的舞台上去睡觉，他和管舞台的电工很熟。然后他带大家到江边去洗澡，夕阳之下的江边景色优美："这时已近傍晚，太阳垂在两山之间，江面上便金子一般滚动，岸边石头也如热铁般红起来。有鸟儿在水面上掠来掠去，叫声传得很远。对岸有人在拖长声音吼山歌，却不见影子，只觉声音慢慢小了。大家都凝了神看。许久，王一生长叹一声，却不说什么。"[1] 这段景物描写并非可有可无，其实是作者人生态度与自然观的一种反映与折射，大自然的魅力才是人类所有艺术的源头，人类的所有艺术活动均来自对大自然景物的模仿及体悟，王一生能够成为一代"棋王"的真正原因也在于此。这种观念也是当时寻根文学作家的一个普遍看法，只是阿城的《棋王》更深谙其中三昧罢了。

　　到晚上时，画家先带他们到礼堂后台入口，缩在边幕上看演出。"王一生倒很入戏，脸上时阴时晴，嘴一直张着，全

---

[1] 阿城:《棋王》，作家出版社 1985 年版，第 65 页。

没有在棋盘前的镇静。戏一结束，王一生一个人在边幕拍起手来，我连忙止住他，向台下望去，书记不知什么时候已经走了，前两排仍然空着。"[1] 这一段继续勾勒出王一生的赤子之心及"棋呆子"的性格特征。

等看完演出后大家出来又去画家家中。此时脚卵告知王一生，他给文教书记送了古画和那副明朝乌木象棋，后者打电话疏通关节，使王一生能够参加区里的象棋比赛。可是王一生和大家躺在舞台上睡觉时，却说不愿意参加象棋比赛。此处继续凸显王一生坦诚、朴实的性格特征。这也成为情节上的一个转折点——既然王一生不愿参加比赛，那么他的"棋王"称号是怎样得来的？他为何后来又愿意在象棋比赛后与获胜者下盲棋呢？此处成为一个悬念，吸引读者继续阅读下去，也是作者有意设计的一个情节波折。

在第四部分，王一生告知脚卵不愿参赛。小说还通过脚卵和画家的话，说出生活中的无奈：在为了生存及活得更好一些的现实愿望面前，下棋和画画等艺术的、精神层面上的"吃"都可以退而求其次："脚卵叹道：'书记是个文化人，蛮喜欢这些的。棋虽然是家里传下的，可我实在受不了农场这个罪，我只想有个干净的地方住一住，不要每天脏兮兮的。棋不能当饭吃的，用它通一些关节，还是值的。家里也不很景气，不会怪我。'画家把双臂抱在胸前，抬起一只手摸了摸脸，看着天说：'倪斌，不能怪你。你没有什么了不得的要

---

① 阿城：《棋王》，作家出版社1985年版，第66页。

求。我这两年，也常常犯糊涂，生活太具体了。幸亏我还会画画儿。何以解忧？唯有——唉。'"①这其实也是这部小说中隐藏的一个富有张力的人生主题：在残酷的生存现实面前，究竟是生存重要，还是精神上的追求更重要？大概这也是作者内心矛盾的一个体现。否则就不会在《棋王》最早版本的结尾中写王一生后来不再下棋，因吃饱饭就不再喜欢下棋。而现在通常所见版本的《棋王》结尾已经发生大改变，某种程度上作者有意遮蔽了这种矛盾心理，使其更符合寻根文学的宗旨罢了。

　　如果说前面的情节均是在进行铺垫，为王一生成为真正的"棋王"不断铺叙故事，那么这部小说的高潮则体现在小说后半部分的"棋王争霸赛"中，这也是作者着重要进行描绘的情节与故事细节。小说中，在王一生说要同围棋前三名用盲棋方式比赛之后，很多人都跟随着到棋场去观看，声势浩大，小说描写得很详细且颇具喜剧感："众人都轰动了，拥着往棋场走去。到了街上，百十人走成一片。行人见了，纷纷问怎么回事，可是知青打架？待明白了，就都跟着走。走过半条街，竟有上千人跟着跑来跑去。商店里的店员和顾客也都站出来张望。长途车路这里开不过，乘客们纷纷探出头来，只见一街人头攒动，尘土飞起多高，轰轰的，乱纸踏得嚓嚓响。一个傻子呆呆地在街中心，咿咿呀呀地唱，有人发了善心，把他拖开，傻子就倚了墙根儿唱。四五条狗窜来窜

---

① 阿城：《棋王》，作家出版社1985年版，第68页。

去，觉得是它们在引路打狼，汪汪叫着。"①上千人跟着到比赛
场地去，场面非常壮观。选中九个人与王一生下盲棋，那个
老冠军在家中由人传棋。观看的人群也越聚越多，局面越来
越热闹，如同热闹的狂欢节一样。然而等到下棋开始后，数
千人却都安静下来认真地看下棋，都沉浸在其中不能自拔。
这种全民嘉年华式的氛围与情景渲染为王一生赢棋之后被尊
称为"棋王"做了很好的铺垫。

对于象棋比赛的激烈厮杀场景，小说却举重若轻地用
"我"的感觉与联想来写象棋中古人在楚河汉界的厮杀与残酷
战争："我心里忽然有一种很古的东西涌上来，喉咙紧紧地往
上走。读过的书，有的近了，有的远了，模糊了。平时十分
佩服的项羽、刘邦都在目瞪口呆，倒是尸横遍野的那些黑脸
士兵，从地下爬起来，哑了喉咙，慢慢移动。一个樵夫，提
了斧在野唱。忽然又仿佛见了呆子的母亲，用一双弱手一张
一张地折书页。"②

这里把抽象的下棋场景具体化为一种画面感，如同电影
《英雄》中把弹奏的音乐声音直接拍摄成拿着刀枪剑戟冲向
敌人的骷髅将军（象征着死亡与杀气）而呈现在观众面前。
对于普通读者来说，如果象棋术语太多的话，则会因为看不
懂而产生一种枯燥无聊的感觉，那么这部《棋王》也将成为
一部棋谱而不是广受欢迎的小说。而小说中对樵夫和王一生
母亲的描写，大概也预示着王一生的棋路包含着普通人民的

① 阿城:《棋王》，作家出版社1985年版，第69—70页。
② 阿城:《棋王》，作家出版社1985年版，第72页。

许多朴素的生命体验与人生感悟在内,可能其中并没有高深玄妙的因素在内。确切地说,是王一生下棋时并没有受到这些所谓传统文化精髓与文化思想的影响,或曰他就是依靠自身的天赋悟性与朴素的日常生活经验,还有对围棋的热爱与痴爱,才能达到这种天人合一的境界,成为战无不胜的"棋王"。还有,此处的描写或许也是与后面老冠军说了那番意味深长的话之后,王一生并没有得遇知音的反应而是依然保持痴痴呆呆表情的一种相互呼应,或曰也是一种解释。

对于下围棋的进展过程,小说依然通过"我"的所见所闻来体现和推进。在太阳落山后,"我"进入屋子询问脚卵具体情况:"脚卵抹一抹头发,说:'蛮好,蛮好。这种阵势,我从来也没见过,你想想看,九个人与他一个人下,九局连环!车轮大战!我要写信给我的父亲,把这次的棋谱都寄给他。'这时有两个人从各自的棋盘前站起来,朝着王一生一鞠躬,说:'甘拜下风。'就捏着手出去了。王一生点点头儿,看了他们的位置一眼。"①

由于担心王一生的身体吃不消,"我"给他送水喝,此时的王一生却全部身心沉浸在象棋的世界中,忘记了他此前非常重视的吃,可说此时的他已经超越肉体的局限而进入精神层面。这是对自我的战胜,是跨越性的一步,也是王一生走向"棋王"宝座的必然性举动。

小说接着写"我"出了屋子,看到周围各种类型的、闹

---

① 阿城:《棋王》,作家出版社1985年版,第72—73页。

哄哄的人们并加以描写。这种离开肃杀的围棋场景回到描写日常生活的写法，起到的作用是松缓紧张的故事叙事节奏，同时也使读者的精神随之得以放松，造成小说节奏舒缓相间，为最后高潮的到来奠定基础。

等到最后的、最关键的一局，也就是王一生与坚持到棋局最后的冠军对弈那一局中，小说再次用拟人化手法来写由二人对弈演化出的画面感，也预示与象征着王一生必将会赢的最后结果："王一生的黑子儿远远近近地峙在对方棋营格里，后方老帅稳稳地待着，尚有一'士'伴着，好像帝王与近侍在聊天儿，等着前方将士得胜回朝；又似乎隐隐看见有人在伺候酒宴，点起尺把长的红蜡烛，有人在悄悄地调整管弦，单等有人跪奏捷报，鼓乐齐鸣。我的肚子拖长了音儿在响，脚下觉得软了，就拣个地方坐下，仰头看最后的围猎，生怕有什么差池。"[1]

当那位在地区比赛中获得冠军的老者由人搀扶来到棋场时，"我"和其他知青跟随老者等人一起见到王一生此时的形象与状态描写，是小说中最经典的，也是经常被引用的："王一生孤身一人坐在大屋子中央，瞪眼看着我们，双手支在膝上，铁铸一个细树桩，似无所见，似无所闻。高高的一盏电灯，暗暗地照在他脸上，眼睛深陷进去，黑黑的似俯视大千世界，茫茫宇宙。那生命像聚在一头乱发中，久久不散，又慢慢弥漫开来，灼得人脸热。"[2] 这段话显然充满中国道家文化

①阿城：《棋王》，作家出版社1985年版，第74—75页。
②阿城：《棋王》，作家出版社1985年版，第75页。

的奇妙道理与象征性寓意，被看作是《棋王》深具"文化寻根"的另一个表征。

然后小说再通过老者的赞扬指出王一生下棋的精妙之处："你小小年纪，就有这般棋道，我看了，汇道禅于一炉，神机妙算，先声有势，后发制人，遣龙治水，气贯阴阳，古今儒将，不过如此。老朽有幸与你接手，感触不少，中华棋道，毕竟不颓，愿与你做个忘年之交。老朽这盘棋下到这里，权做赏玩，不知你可愿意平手言和，给老朽一点面子？"[①] 也表明老者承认王一生棋艺高超，后者是当之无愧的一代"棋王"。因此王一生同意平棋的举动，不但无损他在象棋造诣上的炉火纯青，而且说明他的棋品非常好，并非追名逐利之辈。

小说接着笔锋一转，详细描写王一生因为下棋久坐无法站立，连话都说不出来等状况。显然他在肉体上极度疲乏劳累，这也与他当时生活水平差、营养不好有极大关系，与前面"我"对他身体的担心相互呼应。

当老者邀请王一生去家中住两天并相约谈棋时，王一生却拒绝了他的好意，坚持要和大家一起去画家朋友那里。"大家慢慢拥了我们出来，火把一圈儿照着。山民和地区的人层层围了，争睹棋王风采，又都点头儿叹息。"[②] 此处周围人的叹息可能至少包含两方面的含义：一是在感叹王一生出神入化的精湛棋艺之余，看到这样一个貌不惊人的"瘦小黑

---

① 阿城:《棋王》，作家出版社 1985 年版，第 76 页。
② 阿城:《棋王》，作家出版社 1985 年版，第 77 页。

魂"竟然是棋王，觉得很惊叹；二是看到王一生现在肉体与精神上的虚弱样子，大概心中充满怜惜和怜悯之情，因此又很感叹，所以周围人自发用火把（那时没有现在马路边上光明辉煌的甚至有时亮如白昼的情景）护送王一生一行返回住宿的地方。

小说还写到王一生在赢棋之后，最先体现出的却是对母亲的怀念。这不仅仅体现的是所谓的孝道，大概还有大部分中国人传统思维中有不辜负父辈期望的一种心理在里面。也与前面王一生多次提到自己的身世与母亲对他的期望相映照和呼应。小说的结尾是王一生他们到画家家中吃完饭，然后包括脚卵在内的知青都一起到礼堂去睡觉。"我"在睡着之前有一段心理描写，是对物质世俗中的"吃"与精神追求上的"吃"的辩证思考，也是对内容主题的深化。这也是经常被评论家引用的一段话，确切地说，就是这篇小说的"点题"或曰总结概括："我却还似乎耳边人声嚷动，眼前火把通明，山民们铁了脸，掮着柴火林中走，咿咿呀呀地唱。我笑起来，想：不做俗人，哪儿会知道这般乐趣？家破人亡，平了头每日荷锄，却自有真人生在里面，识到了，即是幸，即是福。衣食是本，自有人类，就是每日在忙这个。可囿在其中，终于还不太像人。倦意渐渐上来，就拥了幕布，沉沉睡去。"[1]

最后包括"我"在内的每个人都睡熟了，或许也是作者在结尾要传递的一种人生感悟：人生要脚踏实地地做好每一

---

① 阿城：《棋王》，作家出版社 1985 年版，第 77 页。

件事情，既要打理好自己的基本生存与世俗生活，还要有精神上的追求与注重个人发展，如同"棋王"王一生尽情痴情于象棋世界、画家迷于绘画一样，如此才能成为一个没有低级趣味的、高尚的人！

# 第六章

# 在现代主义与魔幻现实主义之间

## ——重读莫言《红高粱》

　　与梁斌的长篇革命历史小说《红旗谱》相比，时隔三十余年后出现的、莫言发表的中篇小说《红高粱》对人物行动的描写方式已经发生很大变化，或曰已经简化。更具体地说，作者在细节描写中去除掉了那些特别细碎的、具体细微的肢体动作，仅仅只描述出最核心的、最能体现人物心理活动的一些动作。例如在《红旗谱》第二十六章中，张嘉庆在贾湘农那里见到严江涛时的见面方式很有特点："江涛端起碗来喝着汤。背后走过一个人来，抬手照准江涛的脊梁上，邦唪就是一拳，又伸手拧过他的右胳膊，背在脊梁上。江涛左手摇摇晃晃，差一点把面碗摔在地上。贾老师伸手接过，说：'嘿嘿！别洒了面，别洒了面。'"[①]对张嘉庆的外貌与性格形象则是通过江涛的观察："江涛回头一看，这人，细高个儿，红脸膛，高鼻骨梁儿，是同班的同学张嘉庆。他今年秋季才在河南区领导了秋收运动，因为性格有点暴腾，人称'张飞同

---

① 梁斌：《红旗谱》，中国青年出版社 2012 年版，第 201 页。

志'，目前正在县委机关里工作。"①

还有爱情的描写，同样因为时代的发展发生诸多变化。在《红旗谱》第五十九章中，张嘉庆受伤被捕之后被关在思罗医院进行治疗，小说通过一位女医生的眼睛来描写这位一心参加革命工作因而忽略男女爱情的革命者与共产党员形象："张嘉庆在女人眼里，是一只雄狮，他有坚强的体魄，容光焕发的脸颊。那犷悍的性格，想用女人的爱情、用鬼神的魅力去驯服，是不可能的。他的斗争历史注定：他不能皈依女人，不能皈依神。他是一个共产主义者，一个勇于战斗、勇于牺牲的共产党员，他要为无产阶级革命事业奋斗一生！"②这种描写方式也是由当时明朗单纯的文学风格所决定的。然而时过境迁，如果是由包括莫言在内的这一代作家在20世纪80年代再来描写爱情故事与男主人公的形象，那么则会变成另一种契合当时时代发展的描述方式。

莫言于1986年发表的《红高粱》，是从民间生活方式的角度重新描述山东高密"东北乡"抗日战争历史场景的。为20世纪90年代以民间立场表现现代民间史的"新历史小说"开了先河。故事的时间背景为抗日战争全面爆发之后，故事场景主要集中在1939年古历（阴历）八月初九那天，由余占鳌司令带领三四十个半农半匪的手下人在天还未亮时，在高密"东北乡"高粱地中去伏击日本鬼子。作为农民的他们自愿抗日是因为每个人都肩负着国仇家恨，特别是家仇——

---

① 梁斌：《红旗谱》，中国青年出版社2012年版，第201页。
② 梁斌：《红旗谱》，中国青年出版社2012年版，第445页。

都有亲人被日本鬼子杀害。然而这个抗日故事的源头和结尾却如同蛛网一样脉络横生，又如树枝一样地旁逸斜出，枝枝丫丫地四处蔓延到三代人身上。英国评论家加内斯·威克雷对莫言小说的评价是："莫言的风格、对话、情绪和描写往往交融为一种多层次意义网络，其精致缜密的肌质通常表现为冗长的复合句。他镂金错彩、繁华奢侈的语言赋予素材一种具有讽刺效果的高贵感。"[①] 实际上，这属于现代主义的创作手法。

因此，与《红旗谱》《棋王》等现实主义作品不同，《红高粱》是一部较典型的现代主义小说，具有现代主义小说拥有的空间表现形式。所谓空间表现形式，可称为"电影摄影机式的"，例如福楼拜在小说《包法利夫人》中对农产品展览会的描写就具有独特的空间感。这是由于作者希望把当时的所有场景都同时表现出来，所以他所采用的描写方法较为独特："他在缓慢发展的渐趋高潮的过程中的某个情节的不同层次之间，通过来回切断，取消了时间顺序"[②]，而且"就场景的持续来说，叙述的时间流至少被中止了：注意力在有限的时间范围内被固定在诸种联系的交互作用之中。这些联系游离叙述过程之外而被并置着；该场景的全部意味都仅仅由各个意义单位之间的反应联系所赋予"[③]。正如读者在阅读爱尔兰作

---

① 朱明伟：《2011—2013浙江工商大学读书节优秀征文集·那些读书的日子·第2辑》，第114页。

② 李晋山、宋红军：《小说叙事简析》，东北师范大学出版社2018年版，135页。

③ 约瑟夫·弗兰克：《现代小说中的空间形式》，秦林芳编，北京大学出版社1991年版，第3页。

家乔伊斯的长篇小说《尤利西斯》时普遍形成一种阅读感受："乔伊斯是不能被读的——他只能够被重读。"① 造成这种阅读效果的主要原因在于《尤利西斯》所营造出的一种横向性的空间感："所有实际背景——在一部通常的小说中为读者所作的如此方便的概括——必须通过各个片段来重新构建，这些片段有时相隔数百页，散布在书中各处，因而，读者不得不运用与阅读现代诗歌同样的方法来阅读《尤利西斯》——接连不断地把各个片段组合起来，并且记住各个暗示，直到他能够通过反应参照，把它们与它们的补充部分连接起来。"② 也就是说，现代主义小说并非像现实主义小说一样通常按照时间顺序来构思和写作，而是在故事的讲述中不断穿插着倒叙、插叙、重复等艺术手法，不断阻碍读者产生一种顺畅的、畅通无阻的阅读感受，因此读者只有在把所有的片段和细节都读完之后，也就是在阅读完整部小说之后，再把所有的片段、意象、情节等加以贯穿，甚至利用想象与联想把它们彼此连接起来，并把它们视作一个整体，由此才能在脑海中形成一个完整的故事，才能勾勒出故事发生的前因后果。这种阅读方式属于一种"解谜"过程，小说文本如同希腊神话中的米诺斯迷宫，而读者则如同海神波塞冬之子，即雅典国王忒修斯一样需要破解这座迷宫。只有当忒修斯破解重重阻碍找到

---

① 约瑟夫·弗兰克：《现代小说中的空间形式》，秦林芳编，北京大学出版社1991年版，第5页。

② 约瑟夫·弗兰克：《现代小说中的空间形式》，秦林芳编，北京大学出版社1991年版，第7页。

怪物弥诺陶洛斯并挥剑杀死它时，也就是读者通过解读多种艺术手法而抵达文本深层并找到谜底之时，此时阅读过程才得以完成。从这个角度说，现代主义小说是一种需要读者思考、重读、重构的文学作品，自有其审美魅力。

具体到《红高粱》，整部小说主要是通过"我父亲"（豆官）这样一个还带着懵懂的半大孩子的叙事视角，包括他的所见所闻、意识流式的所思所想，以及全知全能的作者叙事角度，两者之间彼此相互交叉且自由转换来讲述整个故事的。这样会产生一种独特的审美效果：当全知全能叙事视角展开时，作者可借此在作品中展开很多议论性与抒情性描写，例如对高粱地情形的诸多描写与抒情段落，还有对十六岁奶奶青春活力的外部形象描写与议论等句子。然而如果通过豆官的视角来进行叙事，那么只能遵循这个对人生半懂不懂的半大孩子心理与有限人生理解力展开一些议论。这两种叙事角度的相互穿插造成《红高粱》与西方现代主义小说存在诸多不同，加上莫言在小说场景中有意使用魔幻现实主义手法且没有完全舍弃现实主义手法的细节描写，因此在叙事上造成一种现代主义与魔幻现实主义相互交织的审美效果。这也是《红高粱》迄今仍然具有浓重艺术创新性的一个重要原因。

《红高粱》的独特文学特征主要体现在如下几方面：

一是大量运用现代主义中的意识流手法，并使情节、意象、片段等并置，按照自然事件发展的故事顺序被反复切断，需要读者把全部小说都阅读完后才能了解小说所讲述的整个故事。小说的第一部分充分体现出这个特点，不但把整个故

事的主要内容与结果都提前交代出来，而且具有提纲挈领的
作用。

小说开头采用一个十四岁多一点的男孩豆官，即叙述者
"我"的父亲的视角来展开故事。然而又不局限于这个孩子
的视角，而是在叙事手法上灵活多变。从豆官天还未亮就糊
里糊涂地跟随余司令的队伍出发为开端，故事视角很快一转，
立即转移到以"我"的口吻来讲述多年后他去世后的凄凉情
景："父亲就这样奔向了耸立在故乡通红的高粱地里属于他的
那块无字的青石墓碑。"[①] 然后笔锋再一转，转到一个光屁股男
孩曾到坟头放羊唱着抗战民歌的场景。随后作者就再用插叙
手法把读者的视线加以转移引到"我"身上，以便于"我"
这个故事讲述者可以在故事情节中插入议论："我曾经对高密
东北乡极端热爱，曾经对高密东北乡极端仇恨，长大后努力
学习马克思主义，我终于悟到：高密东北乡无疑是地球上最
美丽最丑陋、最超脱最世俗、最圣洁最龌龊、最英雄好汉最
王八蛋、最能喝酒最能爱的地方。"[②] 这也属于抒情性的句子，
可以汪洋恣肆地抒发作者对故乡与故乡人们的复杂情感。大
量使用一些充满个人情感情绪与浓重色彩感与色调的词句，
尽情地、肆无忌惮地抒发个人的极端感情并形成一种超越常
人的感觉结构，这也是莫言特有的且贯穿他创作多年的一个
特点。

小说继续进行抒情："一队队暗红色的人在高粱棵子里穿

① 莫言:《莫言文集·卷1·红高粱》，作家出版社 1996 年版，第1—2页。
② 莫言:《莫言文集·卷1·红高粱》，作家出版社 1996 年版，第2页。

梭拉网,几十年如一日。他们杀人越货,精忠报国,他们演出过一幕幕英勇悲壮的舞剧,使我们这些活着的不肖子孙相形见绌,在进步的同时,我真切感到种的退化。"[1] 这句夹叙夹议的句子也是这部小说的题眼:通过描述那些充满野性蛮力的乡民在亲人被日本鬼子杀害和乡土被侵占破坏的情况下,为了复仇和保护家乡不惜用简陋的武器与自己的生命来抗击日本军队。

随之,叙事又被拉回到去打伏击的天色未明的情景中。由于是漆黑的夜晚,目不能视,因此此处着重突出"我父亲"的味觉:"从路两边高粱地里飘来的幽淡的薄荷气息和成熟高粱苦涩微甘的气味,我父亲早已闻惯,不新不奇。在这次雾中行军里,我父亲闻到了那种新奇的、黄红相间的腥甜气息。那味道从薄荷和高粱的味道中隐隐约约地透过来,唤起父亲心灵深处一种非常遥远的回忆。"[2] 由这种"腥甜气息"即人类的血腥气作为引子,小说的叙事立即跳跃到七天之后的中秋节晚上。在这片无垠的高粱地中:"我父亲在剪破的月影下,闻到了比现在强烈无数倍的腥甜气息。"[3] 然后顺理成长地引出下面的残酷景象:"那时候,余司令牵着他的手在高粱地里行走,三百多个乡亲叠股枕臂、陈尸狼藉,流出的鲜血灌溉了一大片高粱,把高粱下的黑土浸泡成稀泥,使他们拔脚迟缓。"[4] 而"三百多个乡亲"的死亡场景在此处具有几重作用:

---

①② 莫言:《莫言文集·卷1·红高粱》,作家出版社1996年版,第2页。
③④ 莫言:《莫言文集·卷1·红高粱》,作家出版社1996年版,第3页。

一是提前点出故事的结局：三百多村人被杀害。而这出惨剧一定有原因，这也是作者有意设置的一个伏笔或曰谜语，勾起读者继续阅读这部小说以便最终揭开谜底的欲望。二是限定小说故事发生的具体时间：从开头提到的古历八月初九直到八月十五之间这一段时间。三是这种省略空白还具有一种对比作用，即余司令与豆官两人中秋夜里在高粱地中孤独跋涉的情景与此时三四十人一起打埋伏的闹哄哄场面形成一种鲜明对比，会再一次引起读者的好奇心和继续阅读的欲望。

还有，此处由个人回忆构成的虚拟时间与现实中的实际时间又相互重叠，形成一种睡梦与现实相互交织的亦真亦幻效果。当还未睡醒的豆官跟随余司令他们在黑夜中的高粱地中穿行，每走到一个不同的小位置点都会使意识还停留在迷迷糊糊状态的这个半大孩子激起对往事的回忆，尤其是一些好玩有趣因而记忆深刻的事情。例如回忆起秋天夜晚经常和罗汉大爷一起到墨水河边捉螃蟹的经历，这如同鲁迅《故乡》中对少年闰土在明亮月夜的瓜田中手举钢叉去刺一匹猹的美妙场景，而且还带着一层记忆所赋予的温馨光环与温暖。而豆官与罗汉大爷一起捉螃蟹的回忆又如同一个原点，由此又引发他想起罗汉大爷在去年已经被日本鬼子杀害了："父亲一想起罗汉大爷的尸体，脊梁沟就发凉。"[1] 这也是意识流手法的一个体现。豆官的记忆又继续朝着心底深处蔓延，自然而然地回忆起与罗汉大爷相关的事情："父亲又想起大约七八年

---

[1] 莫言：《莫言文集·卷1·红高粱》，作家出版社1996年版，第7页。

前的一个晚上"①，喝醉酒的"我奶奶"戴凤莲为挽留刘罗汉留下不走而甘愿献身。这也为小说第二部分中那个九十二岁的老太太说"我奶奶"与罗汉大爷之间"不清白"的流言埋下伏笔。

还有对天色将明的高粱地风景的仔细描写："父亲感到公路就要到了，他的眼前昏昏黄黄地晃动着路的影子。不知不觉，连成一体的雾海中竟有些空洞出现，一穗一穗被露水打得精湿的高粱在雾洞里忧悒地注视着我父亲，父亲也虔诚地望着它们。父亲恍然大悟，明白了它们都是活生生的灵物。它们根扎黑土，受日精月华，得雨露滋润，上知天文下知地理。父亲从高粱的颜色上，猜到了太阳已经把被高粱遮挡着的地平线烧成一片可怜的艳红。"②这种对红高粱的带有神秘奇幻色彩的描绘，显然带有某种魔幻现实主义特色，而且也通过豆官对高粱的喜欢与观察，表明现在已经是黎明时太阳将出未出之时，即天色开始亮了。此处，"我父亲"还是一个旁观者与回忆者，承担着讲述出部分故事情节的任务与功能。

然后叙事的视角由"我父亲"身上开始转到其他人身上。余司令的怒吼声与王文义耳朵被走火的子弹打伤后的惨叫与恐惧推动故事继续发展："司令——我没有头啦——司令——我没有头啦——"③，让叙事的重心落到这支由三四十位种田农民组成的队伍上。而作为观察者的"我父亲"凑到受伤流血的王文义跟前时，又闻到了血腥气味道："父亲

---

① 莫言：《莫言文集·卷1·红高粱》，作家出版社1996年版，第7页。
②③ 莫言：《莫言文集·卷1·红高粱》，作家出版社1996年版，第8页。

闻到了跟墨水河淤泥差不多、但比墨水河淤泥要新鲜得多的腥气。它压倒了薄荷的幽香，压倒了高粱的甘苦，它唤醒了父亲那越来越迫近的记忆，一线穿珠般地把墨水河淤泥、把高粱下黑土、把永远死不了的过去和永远留不住的现在联系在一起，有时候，万物都会吐出人血的味道。"[①] 在这里，作者把墨水河淤泥的腥味和人血的腥味联系起来，一方面是把人类看成是自然中的一个物种，更确切地说是连同气味都差不多的"自然之子"。另一方面则是通过气味与味道来描述事物的特点与特征。这在20世纪80年代属于一种创新性的写法，但是并非莫言的独创，因为当时曾有其他一些作家尝试采用这种方法，例如台湾作家朱天心的《故都之恋》等作品，通过味道把过去的时光和回忆与现在相连。

除了第一部分内容之外，小说的其他部分同样出现过这种情节并置与重复的情形。典型的是在"我奶奶"被鬼子的机枪打中后去世之前的那一段描写，过去、未来与现在的时光同时在她的眼前和脑海中出现："奶奶躺着，沐浴着高粱地里清丽的温暖，她感到自己轻捷如燕，贴着高粱穗子潇洒地滑行。那些走马转蓬般的图像运动减缓，单扁郎、单廷秀、外曾祖父、外曾祖母、罗汉大爷……多少仇视的、感激的、凶残的、敦厚的面容都已经出现过又都消逝了。奶奶三十多年的历史，正由她自己写着最后一笔，过去的一切，像一颗颗香气馥郁的果子，箭矢般坠落在地，而未来的一切，奶奶

---

[①] 莫言：《莫言文集·卷1·红高粱》，作家出版社1996年版，第8页。

只能模模糊糊地看到一些稍纵即逝的光圈。只有短暂的又黏又滑的现在，奶奶还拼命抓住不放。"[1] 然而她的生命还是无法避免地在逝去，只留给情人余占鳌与儿子的最后一个印象是她脸上死后依然保留的微笑。

二是作者对受刑与一些死亡场景的仔细描绘与描摹，体现出"审丑"的现代主义美学追求以及一种特殊的"生死观"。从叙事的角度说，这种描写方式通常被称为"暴力叙事"。如第四部分通过"我父亲"的回忆讲述出罗汉大爷被日本鬼子捉住后剥皮凌割的始末。作者犹嫌这种全知全能的叙事视角还不够充分展示暴力美学特征，还通过"我父亲"给后辈的转述来进一步强化其中的血腥味道和残酷场面。尽管刘罗汉的尸体被天降大雨冲走而不知所终，然而这段噩梦般的描述无疑会给所有的阅读者留下深刻印象。

还有骡马尸体肿胀爆裂的场景，以及在小说第五部分中那个吹鼓手用喇叭劈杀死劫路者的血腥情形。需要说明的是，以《红高粱》为开端，历经长篇小说《丰乳肥臀》等创作，莫言在"审丑"的文学创作道路上通行无阻，到发表于2001年的长篇小说《檀香刑》则达到极致和巅峰，对中国古典刑法凌迟、檀香刑等多种刑罚均进行详细描写，且占据主要内容。从文学史的角度说，作者通过这种暴力叙事把美与丑、高雅与粗俗、善与恶相互矛盾的双方并置、并列起来，毫不遮掩地呈现在读者面前，明显带有浓重的现代主义创作特点。

---

① 莫言：《莫言文集·卷1·红高粱》，作家出版社1996年版，第69页。

而这种带有现实主义特征的描写手法，既带有作者对丑陋丑恶事物的暴露与批判，更由此体现出莫言的"生死观"：人的死亡被看作是一种自然现象，他并没有知识分子惯常的那种痛惜生命流逝的人道主义情怀，也没有直接表现出悲天悯人的情感在内，因此他所作的只是客观地，甚至是冷漠、冷静地呈现出人类受难和死亡的现实情况。也是因为拥有这种"生死观"，所以《红高粱》第六部分中"我父亲"豆官对叔爷爷余大牙被余司令枪毙后的场面并没有感到恐惧与害怕，反而从他的视角出发写出一种单纯观察到的恬静场景，或说这是一种情绪上无动于衷的客观描述："他的身体落下时，把松软的淤泥砸得四溅，那株瘦弱的白荷花断了茎，牵着几缕白*丝丝*，摆在他的手边。父亲闻到了荷花的幽香。"[1] 这种审美感受也更好地诠释出莫言"以丑为美"的现代主义写作策略。

　　但是莫言并非对死亡场景都进行这种血淋淋的、赤裸裸的描绘，有时候他也会把死亡写得很悲壮，体现出对美好事物陨落的惋惜之情。例如《红高粱》中"我奶奶"被鬼子机枪扫射中面临死亡时的很多描写充满诗情画意以及她对人世依依不舍的丰富情感。奶奶的死亡被描写为挣脱世俗生活的约束后跟随鸽子升入天国："最后一丝与人世间的联系即将挣断，所有的忧虑、痛苦、紧张、沮丧都落在了高粱地里，都冰雹般打在高粱梢头，在黑土上扎根开花，结出酸涩的果实，让下一代又下一代承受。奶奶完成了自己的解放，她跟着鸽

---

① 莫言：《莫言文集·卷1·红高粱》，作家出版社1996年版，第55—56页。

子飞着，她的缩得只如一拳头那么大的思维空间里，盛着满溢的快乐、宁静、温暖、舒适、和谐。"①

三是在《红高粱》中，作者经常把人拟物或是以物拟人，以便实现一种"移情"审美感受。最典型的是对一望无际的高粱进行各种拟人化描写与比喻，小说九个部分的内容中均有对高粱这种北方植物的生动描写，在第一部分就凸显出高粱实际上是淳朴、坚韧、顽强的高密"东北乡"人民的象征与折射："高密东北乡无疑是地球上最美丽最丑陋、最超脱最世俗、最圣洁最龌龊、最英雄好汉最王八蛋、最能喝酒最能爱的地方。生存在这块土地上的我的父老乡亲们，喜食高粱，每年都大量种植。八月深秋，无边无际的高粱红成洸洋的血海，高粱高密辉煌，高粱凄婉可人，高粱爱情激荡。"②因此发生在高粱地中的抗日故事就被渲染上浓厚的乡土中国气息。在这种乡土氛围中，拟人化的"高粱的尸体"等说法也就变得顺理成章。高粱也是"我爷爷"与"我奶奶"爱情故事的见证人，当奶奶嫁到单家在结婚三天后由曾外祖父来接她回门时，眼皮红肿、头发凌乱的奶奶骑在驴子上返回娘家，道路两旁的"高粱嘲弄地望着我奶奶"。当被鬼子机枪打伤的奶奶躺在高粱地里，那时她的鲜血已经快要流尽，入目所见的依然是满地高粱："看着宽容温暖的、慈母般的高粱。"③并成为她离开人世的最后见证人。以物来折射当事人的情感与感

① 莫言：《莫言文集·卷1·红高粱》，作家出版社1996年版，第72页。
② 莫言：《莫言文集·卷1·红高粱》，作家出版社1996年版，第2页。
③ 莫言：《莫言文集·卷1·红高粱》，作家出版社1996年版，第68页。

情，这是王国维所说的人们由"移情"心理产生的一种审美反应，投射出当事人的心理波动。

还有，虽然这部小说带有的魔幻现实主义色彩赋予高粱以乡土保护神及这片土地上人们演绎的悲欢离合故事的观察者的内涵与象征意义，然而在诸多细节上依然遵循现实主义原则，没有把高粱奇幻化为可以挽救奶奶生命的超自然力量生物，也没有写奶奶的鬼魂与"我爷爷"和"我父亲"告别的情景。这是作者"生命观"的一次反映：生活于大自然中的人类与高粱类的草芥植物一样，同样属于大自然土地中的一员，出生和死亡均符合自然规律。而且人类与植物的关系也如同兄弟姐妹一般相互依存、互相依赖，同时也是相对独立存在的个体。也是以此为基础，小说把人类比拟为植物同样水到渠成。例如第五节中对十六岁奶奶青春形象的描写："奶奶的唇上有一层纤弱的茸毛。奶奶鲜嫩茂盛，水分充足。"[1] 小说把十六岁少女比喻为大自然土地上生长起来的鲜嫩植物，那种生机勃勃的生命活力被鲜活地呈现出来，也与通篇的"高粱颂"相契合。

四是对人物肢体动作的独特性书写方式，尤其是小说中对一些人物在受到抛掷、踢打等外力攻击时进行客观描摹，有意忽略掉这些人物的身体痛觉感受和诸多心理情绪波动。这也是莫言小说独有的一个特点。例如在高粱地里等待伏击日本鬼子期间，哑巴把"我父亲"豆官扔出去的描写："哑巴

---

① 莫言：《莫言文集·卷1·红高粱》，作家出版社 1996 年版，第 39 页。

立起来，扯着父亲的脖子用力一摔，父亲的身体离地飘行，下落时砸断了几株高粱。父亲打了一个滚爬起来，破口大骂着，扑到哑巴面前。"① 还有第五节中，余占鳌为救"我奶奶"踢持枪抢劫的"吃抔饼人"的屁股之后的一段描写。作者不是强调余占鳌这一踢的力量是如何巨大，而是通过后者身体飞出去的一系列描写来客观呈现："余占鳌飞身上前，对准他的屁股，轻捷地踢了一脚。劫路人的身体贴着杂草梢头，蹭着矢车菊花朵，平行着飞出去，他的手脚在低空中像天真的婴孩一样抓挠着，最后落到高粱棵子里。"② 这是一种纯粹感官的个人感受描摹及一系列物体运动轨迹描写，似乎不掺杂作者的主观情感在内，造成一种奇异的阅读感受。这种叙事方式与描写方法在莫言的其他作品中也存在。例如，莫言在1985 年发表的短篇小说《枯河》中，描写了那个有些智障的男孩小虎在被村支书独女小珍用话激着爬到高树后掉下，他在砸伤小珍之后，被村支书用皮鞋乱踢毒打导致重伤的情景："他看到两条粗壮的腿在移动，两只磨得发了光的翻毛皮鞋直对着他的胸口来了。接着他听到自己肚子里有只青蛙叫了一声，身体又一次轻盈地飞了起来，一股甜腥的液体涌到喉咙……翻毛皮鞋不断地使他翻筋斗。他恍然觉得自己的肠子也像那条小狗一样拖出来了，肠子上沾满了金黄色的泥土。那根他费了很大力量才扳下来的白杨树杈也飞动起来了，柔韧如皮条的枝条狂风一样呼啸着，枝条一截截地飞溅着，一

---

① 莫言：《莫言文集·卷1·红高粱》，作家出版社1996 年版，第28 页。
② 莫言：《莫言文集·卷1·红高粱》，作家出版社1996 年版，第46 页。

股清新的杨树浆汁的味道在他唇边漾开去，他起初还在地上翻滚着，后来就嘴啃着泥土，一动也不动了。"①这种描写方式其实是一种省略式的，或曰"零度"态度的描写，没有写出人体在受到外力打击时产生的疼痛感与血腥的、血淋淋的受伤外表（如脸被擦伤流血、鼻子出血、身体伤口红肿出血、内脏受伤吐血等暴力场面），而只是如同没有画外音的电影镜头一般仅仅单纯地呈现出场景。这种节制性的描述方式显然与莫言仔细描述个体受凌迟、剥皮等刑罚时的那种血腥场面形成一种鲜明对比，其中蕴含着作者有意隐藏起来的愤怒情绪的张力，期待读者自己去细细地琢磨和体会。而通过这种摈除作者发表议论与抒情性句子的写作方式，还可以看出作者对语言文字具有很强的掌控力与把控力，由此在小说中营造出不同的层次感与契合人物身份与社会背景的环境氛围。

五是融合中国传统小说因素在内，突出一种传奇性与故事性。小说在第五部分专门设计轿夫余占鳌勇救新娘子戴凤莲的"英雄救美"情节。尽管其中文字的生动性与惊心动魄的效果不如巩俐与姜文主演的同名电影中的更形象与更真实生动，但是这种乡村传奇爱情描写依然成为这部小说中的一个关键情节："奶奶哭得昏昏沉沉，不觉把一只小脚露到了轿外。轿夫们看着这玲珑的、美丽无比的小脚，一时都忘魂落魄。余占鳌走过来，弯腰，轻轻地，轻轻地握住奶奶那只小脚，像握着一只羽毛未丰的鸟雏，轻轻地送回轿内。奶奶在

---

① 李敬泽：《1978—2008 中国优秀短篇小说》，现代出版社 2009 年版，第 92 页。

轿内，被这温柔感动，她非常想撩开轿帘，看看这个生着一只温暖的年轻大手的轿夫是什么样的人。"①余占鳌无意识地握到新娘子美丽纤巧小脚的情节由此成为叙事动力，推动故事继续发展下去："余占鳌就是因为握了一下我奶奶的脚，而唤醒了他心中伟大的创造新生活的灵感，从此彻底改变了他的一生，也彻底改变了我奶奶的一生。"②这也成为随后出现的"英雄救美"情节的重要伏笔。正是因为获救的奶奶对余占鳌产生爱情，她在三天回门的路上才自愿与等候在高粱地里的余占鳌野合，然后才有后者杀死单家父子等一系列故事出现。这种英雄勇敢地营救美人、美人以身相许的中国传统小说中的爱情婚姻范式在《红高粱》中的重现，是莫言吸收中国传统文学因素来重新建构中国革命历史的具体体现，也是当时风行一时的"新历史主义小说"经常运用的一种方式，类似的情节出现在贾平凹的《美穴地》《五奎》等小说中。

　　六是小说对充满侠义血性的、草莽气十足的"英雄好汉"的极力赞扬与对野性生命力的赞美。这种对野性生命力的赞美可以追溯到中国现代文学史中，在某种程度上和中国现代作家路翎的《饥饿的郭素娥》《蜗牛在荆棘上》等小说中体现出的"原始的蛮力"相似。这是一种动物出于本能的、直觉性的、爆发性的一种自发反抗行为，在一定程度上类似于动物保护自己领地与集体内部成员的本能意识，因此没有经过理性的思考，也没有考虑这种蛮力反抗可能会招致的后

---

① 莫言：《莫言文集·卷1·红高粱》，作家出版社1996年版，第43页。
② 莫言：《莫言文集·卷1·红高粱》，作家出版社1996年版，第43—44页。

果——很可能是一种消极的后果。然而在这种野性蛮力中，却充满一种虽然最终被毁灭但是可被称为"血性"的、在强敌面前不低头投降的、不放弃抵抗的悲壮崇高的精神与气质，一种明知不可为却偏向虎山行的慷慨献身的、包含中国传统侠义因素在内的感人力量。

小说的第六部分讲述余司令枪毙强奸民女的叔叔余大牙的故事。作者通过"我父亲"豆官的视角夸奖余大牙临死时的毫不畏惧的草莽英雄气势。这使读者在感叹余大牙罪有应得之余，又不禁为他的死感到惋惜，因为他在抗击日本鬼子的战斗中是一员得力猛将。由此可说，《红高粱》对这种野性的、野蛮的生命力的赞美或许还与20世纪80年代中国文坛兴起的"寻找男子汉"与"男子汉气概"风潮有关。这可以从当时放映的《庐山恋》《追捕》等电影中男主人公的形象塑造中看出。为了表现出这种阳刚之气，兼具民族大义与蔑视世俗礼法的、粗豪野蛮行径的江湖侠客般的土匪式草莽英雄，就应运而生且成为当时文学与电影中的主角。

除此之外，对女性强悍生命力的赞美与详尽描写也成为20世纪80年代的一种主流写法。在第三部分中，两个日本鬼子对漂亮的奶奶不怀好意，然而奶奶却勇敢机智地、泼辣大胆地用疯癫形象来保全自己的清白："一个日本兵慢慢地向奶奶面前靠。父亲看到这个日本兵是个年轻漂亮的小伙子，两只大眼睛漆黑发亮，笑的时候，嘴唇上翻，露出一只黄牙。奶奶跌跌撞撞地往罗汉大爷身后退。罗汉大爷头上的白口子里流出了血，满头挂色。两个日本兵笑着靠上来。奶奶在罗汉大爷的血头上按了两巴掌，随即往脸上两抹，又一把撕散头发，张大嘴巴，疯疯癫癫地跳起来。奶奶的模样三分像人七分像鬼。日本兵愕然止步。小个子伪军说：'太君，这个女人，大大的疯了的有。'"①也是因为奶奶身上充溢着野性的生命强力，所以这个女人敢于和所爱的人在高粱地中野合并生下"我父亲"，自己带着刘罗汉等伙计井井有条地打理酿酒和卖酒的买卖。这种野性生命力还体现在小说第五部分中对青春少女时期的"我奶奶"情欲冲动的直白描写："奶奶虽然也想过上马金下马银的好日子，但更盼着有一个识字解文、眉清目秀、知冷知热的好丈夫……奶奶又开始盼望早日完婚。奶奶丰腴的青春年华辐射着强烈的焦虑和淡淡的孤寂，她渴望着躺在一个伟岸的男子怀抱里缓解焦虑消除孤寂。"②

还有第八部分中作者对奶奶和余占鳌在高粱地中野合的描写，都是对强悍生命力的赞美性描写。虽然"我父亲"是二人结合后的私生子，然而他的出生同样也得到作者的赞扬，因为这是强悍生命力的一个具体体现："奶奶和爷爷在生机勃勃的高粱地里相亲相爱，两颗蔑视人间法规的不羁心灵，比他们彼此愉悦的肉体贴得还要紧。他们在高粱地里耕云播雨，为我们高密东北乡丰富多彩的历史，抹了一道酥红。我父亲可以说是秉领天地精华而孕育，是痛苦与狂欢的结晶。"③

概言之，莫言用现代主义小说手法写出的《红高粱》在

① 莫言：《莫言文集·卷1·红高粱》，作家出版社1996年版，第13—14页。
② 莫言：《莫言文集·卷1·红高粱》，作家出版社1996年版，第39页。
③ 莫言：《莫言文集·卷1·红高粱》，作家出版社1996年版，第69页。

一部中篇内容中能够涵盖如此多的内涵主题，这与其中运用的空间表现形式密切相关，在于作者把叙事时间与讲述故事内容的空间较好地融合起来，可引用巴赫金的观点进行说明："在文学中的艺术时空体里，空间和时间标志融合在一个被认识了的具体的整体中。时间在这里被浓缩、凝聚，变成艺术上可见的东西；空间则趋向紧张，被卷入时间、情节、历史的运动之中。时间的标志要展现在空间里，而空间则要通过时间来理解和衡量。"①

---

① [俄] 巴赫金：《巴赫金全集》第 3 卷，白春仁、晓河译，河北教育出版社 1998 年版，第 269—270 页。

# 第七章

# 中国科幻文学与现实书写的可能性

## ——解读郝景芳《北京折叠》

近十年以来，中国的科幻小说进入黄金时代。伴随着刘慈欣的长篇科幻小说《三体》在 2008 年出版，中国的科幻文学在海内外文坛异军突起。他的短篇小说《诗云》写于《三体》之前，不论是那个类似"神"的后来化名为"李白"的外星人，还是吞食王国中的恐龙大牙，他们对地球的入侵，与《三体》中三体人入侵地球情景非常类似。在《三体》出版之后，由美籍华裔科幻作家刘宇昆翻译为英文，在英语世界得以传播。《三体》在 2015 年获得第七十三届雨果奖最佳长篇小说奖，这也是中国作家第一次获得这个奖，而郝景芳的短篇小说《北京折叠》也由刘宇昆翻译成英文，并于 2016 年获得第七十四届雨果奖最佳中短篇小说奖。这两部中国科幻小说的获奖不但使当代科幻文学在当下中国文坛开始受到重视，而且受到西方文坛的重视，这也标志着中国科幻文学在世界文坛当中进入快速发展的一个黄金时代。

从文学史角度说，科幻小说的职责或者功能是通过科幻的方式来想象和预言人们或曰活跃人类的未来命运。这些科幻小说都想象性地描绘出人类与地球未来的命运。《诗云》是对未来地球世界整个人类社会与命运的一种预测和想象。这部小说中有科技文明高度发达到神或神仙般程度的外星人和处于第四维度的吞噬王国的、由恐龙进化成智慧生物的大牙，后者把三十多岁的诗人人类伊依作为宠物带给他心目中的神，而这个神是能够进入第十一维空间的高级外星生物。这个外星生物要了人类伊依的头发屑，然后很快就用伊依的基因制造出了一个人，外星生物就附身到创造的人身上，并字号李白。并且他从制造出的焚化炉里立马就变出绸缎衣服、笔墨纸砚等物品。当时大牙还与伊依解释说神为制造这些东西所花费的能量能使一颗小行星毁掉。正是因为具有神仙般能力的外星人偶然降临到地球，所以地球与人类面临不可知的命运。《诗云》中人类的最后命运是，本来十二亿人类是要被吞噬王国以大牙为代表的恐龙类智慧生物豢养起来并作为食物带到天鹅座去的，然而因为遇到了超级外星人，所以大牙和吞噬王国才停止活动，将地球放回原位。然后也是在"神"的干预之下把地球完全改变，使地球上的人类摆脱了成为食物的命运。最后的结局是吞噬王国包括大牙在内的残存的恐龙，和人类一起生活在地球上，虽然地球已经完全改变形状。

《北京折叠》则是对现在以北京为代表的中国，或是整个世界的特大都市未来命运的书写。小说标题中所谓的"折叠"，从故事内容可看出是指阶层分化，是对人类社会贫富分化的一种直接反映与折射，富有社会现实指涉意义。这两部小说代表了中国当代新科幻小说的两种写作趋势，一种是刘慈欣类的以地球、宇宙、外太空、外星人、太阳系、外星文明等为内容主题的"太空史诗"，带有西方科幻小说的色彩，这也使刘慈欣的每一部小说在海外都备受赞誉。另一种趋势则是以郝景芳的创作为代表的，以中国人，特别是普通人日常生活为基础，披上科幻文学外衣，书写人们充满喜怒哀乐与人生命运的一种另类现实主义小说。

具体到《北京折叠》，这部小说一共分为五部分内容。

第一部分开头出现："清晨四点五十分，老刀穿过熙熙攘攘的步行街，去找彭蠡。"[①]作者开门见山的这句话当中隐含着很多的东西。标出时间的原因是后文中讲到的北京要在清晨"翻转"，在六点时必须翻转到另一面，即到一定的特定时间再翻转，这与小说标题相互呼应。同时这句话也引出主人公老刀。

从垃圾站下班之后，老刀回家洗了个澡，穿上他唯一的一套体面衣服，然后去找彭蠡。这是对他外部形象的描写，一方面说明他的身份属于底层的普通民众，因为他只有唯一的一套西装；另一方面也暗示他将要做重要的事情，所以他穿着很体面。而他所去的地方也是人们经常会去的日常性生活场景步行街，时间是在清晨快五点的时候。从惯常生活来说，这个时候城市的大多数人们仍然处于熟睡状态，或者是很多老人很快就要苏醒早起的时间段，然而却出现了众多行

---

① 郝景芳：《孤独深处》，江苏凤凰文艺出版社2016年版，第1页。

人熙熙攘攘的反常情况："步行街上挤满了刚刚下班的人。拥挤的男人女人围着小摊子挑土特产，大声讨价还价。食客围着塑料桌子，埋头在酸辣粉的热气腾腾中，饿虎扑食一般，白色蒸汽遮住了脸。油炸的香味弥漫。货摊上的酸枣和核桃堆成山，腊肉在头顶摇摆。这个点是全天最热闹的时间，基本收工了，忙碌了几个小时的人们都赶过来吃一顿饱饭，人声鼎沸。"[1]

如果这是值夜班的人群，那么应该是每个人都步履匆匆、满面倦容地开始赶回家中补觉，而不是成为"全天最热闹的时间"。那么为什么会出现这种反常情况呢？这个突兀怪异的、与我们日常生活逻辑不相符的情况就成为这部小说出现的第一个谜团，因此阅读这篇小说也就成为一个逐渐解谜的过程。换言之，这也给予这部小说一种悬疑小说与侦探小说的色彩，吸引着读者继续看下去并寻找出答案。

《北京折叠》是一部现代主义小说，采用这种迷宫式的写法很正常。这部小说题目中的"折叠"这个词实际上也是一个谜，非常奇特——作为一个超大城市的北京，是如何"折叠"的？它为什么要"折叠"呢？或许这也是科幻小说通常具有的一个特征：标题也要新奇并带有某种科幻色彩。如果再从现代小说的创作理念看，这也是现代小说作家喜欢从所讲述故事的中间开始进行叙事的一个具体体现。我们在阅读小说之后发现完全可以把第二部分放在开头，因为第二部

---

① 郝景芳：《孤独深处》，江苏凤凰文艺出版社 2016 年版，第 1—2 页。

分写了为什么出现折叠城市、北京为什么要折叠的原因。如果按照现实主义小说的写法，可以把第二部分放在前文，讲清楚原委，然后再出现主人公老刀。可是这样一来，艺术手法的创新性就有所削弱。一个作家创作科幻小说，尤其是像郝景芳写的这部科幻小说，之所以能获得世界性的奖项雨果奖，主要是因为她在艺术创新的手法上一定要符合世界文坛的现代主义小说发展潮流，像奥尔罕·帕穆克的长篇小说《我的名字叫红》，作者就运用悬疑手法，不停地插叙、倒叙，比莫言《红高粱》的写作手法更加令人眼花缭乱。

《北京折叠》的故事继续推进，接着写到的时间是清晨五点钟，当老刀在楼门口等待还未返家的彭蠡时，听到周围几个吃饭少年的对话："'人家那儿一盘回锅肉，就三百四。'小李说，'三百四！一盘水煮牛肉四百二呢。'"① 这段对话很重要，因为在后文中"第三空间"需要与"第二空间"及"第一空间"进行对比，可以看出这三者之间的巨大差别和差距。

通过这几个少年吃的食物与他们的对话，连同这个类似大排档的小吃摊，可以得知这个地方属于非常普通的平民居住区。还有老刀自身的情况："他有一个月不吃清晨这顿饭了。一顿饭差不多一百块，一个月三千块，攒上一年就够糖糖两个月的幼儿园开销了。"② 这段话是作者有意安排的。因为从这篇小说中人们吃饭（一碗炒面或炒粉、一盘回锅肉）的

① 郝景芳：《孤独深处》，江苏凤凰文艺出版社 2016 年版，第 2 页。
② 郝景芳：《孤独深处》，江苏凤凰文艺出版社 2016 年版，第 3 页。

价格，可以看出这绝对不是一篇书写当下社会普通"京漂"或底层人们生活的作品，因为现在的实际生活水平与小说中饭店饭菜价格彼此相差太大，这也是作者的有意设计——这并不是一篇直接反映当下社会底层民众生活的现实主义小说，由此也与 21 世纪初期兴盛的"底层文学"创作主旨并不一致。所谓"底层文学"，指在 2003 年、2004 年时中国当代文坛出现的一股小说潮流，专门描写处于社会底层人士生活现状的文学创作，被称为"底层文学"。由于其体裁多以小说创作为主，所以又称"底层小说"。以广州老作家曹征路的小说集《那儿》为代表，底层文学或者底层小说主要以进城的农民工、山区里特别贫困的农民作为主角，主要是写他们如何悲惨。《北京折叠》是 2012 年发表的，而"底层文学"兴盛是 2003 年左右，因此过去了十几年，社会状况的变化也比较大。

奇特的场景还出现在如下描述："他向远处看，城市清理队的车辆已经缓缓开过来了。"[①] 此时摆摊与吃饭的人们都很快散去。而老刀见到彭蠡后说要去"第一空间"时，彭蠡却愣住了，已经有十年没人跟他提过"第一空间"的事。

然后是清理队驱赶人们回家："'回家啦，回家啦。转换马上开始了。'车上有人吆喝着。"[②] 人们就很快都回家去了。按日常生活逻辑说，天要亮了，大部分人不应该回去睡觉，而是去上班，这是一种比较奇特的场景。

① 郝景芳:《孤独深处》，江苏凤凰文艺出版社 2016 年版，第 3 页。
② 郝景芳:《孤独深处》，江苏凤凰文艺出版社 2016 年版，第 4 页。

然后两人进入彭蠡房子，作者对房子的描述同样很怪异："他的单人小房子和一般公租屋无异，六平方米房间，一个厕所，一个能做菜的角落，一张桌子一把椅子，胶囊床铺，胶囊下是抽拉式箱柜，可以放衣服物品。墙面上有水渍和鞋印，没做任何修饰，只是歪斜着贴了几个挂钩，挂着夹克和裤子。进屋后，彭蠡把墙上的衣服毛巾都取下来，塞到最靠边的抽屉里。转换的时候，什么都不能挂出来。"①

在这里第二次出现"转换"这个词语，还有前面出现的凌晨四点多人们在街上的拥挤喧器、吃饭场景及老刀提到的"第一空间"，都说明这个故事的不同寻常，这也是作者有意设计的背景铺垫。小说也再次出现时间：已经到凌晨五点半。故事叙事在继续推进——在彭蠡的追问下，老刀因为时间特别紧急，他只是简略地诉说要去"第一空间"的理由是："从他捡到纸条瓶子，到他偷偷躲入垃圾道，到他在第二空间接到的委托，再到他的行动。他没有时间描述太多，最好马上就走。"②

如果不看后文，会觉得这句话莫名其妙，作者写得如此简化也是有意安排的。此处又提到"第二空间"，这成为又一个需要寻找到谜底的谜团。而且作者借老刀的叙述把他到"第一空间"的理由尽可能地压缩和简化，其中"纸条瓶子""垃圾道""第二空间的委托"等关键词如同侦探小说中出现的一个个不连贯的线索，再次成为新的谜，依然需要读

①② 郝景芳：《孤独深处》，江苏凤凰文艺出版社 2016 年版，第 4 页。

者在阅读后面的情节时不断地进行解谜。

　　关于老刀去"第二空间"和"第一空间"的理由，则是因为糖糖还有一年多要上幼儿园，老刀要挣到一笔对他来说必须冒风险才能挣到的"巨款"。小说有很多赘笔，原因在于小说由糖糖即将要上幼儿园，顺理成章地提到上幼儿园的难度与可怕情况："稍微好一点的幼儿园招生前两天，就有家长带着铺盖卷在幼儿园门口排队，两个家长轮着，一个吃喝拉撒，另一个坐在幼儿园门口等。就这么等上四十多个小时，还不一定能排进去。前面的名额早用钱买断了，只有最后剩下的寥寥几个名额分给苦熬排队的爹妈。这只是一般不错的幼儿园，更好一点的连排队都不行，从一开始就是钱买机会。"①

　　"等上四十多个小时"这句话是小说的一个破绽。因为小说中八小时之后，他们要睡四小时的时间，那么家长应该怎么办呢？去哪里睡觉呢？实际上是小说中的作者应该没有仔细考虑之处。情节中出现了破绽，作者还要这样写的原因是对现实的反映，显然这是对近年北京，也包括其他大城市的孩子们"上学难"情况的一种真实折射：从上幼儿园开始，就开始争夺有好老师、好设备的幼儿园，而从上小学、中学和高中开始，更是要争夺好学校和名校，直到考入大学，中国的一些家长唯恐孩子因为学校不理想等外部原因失败在人生的"起跑线"上。从这个角度说，这部小说又具有一种强

---

① 郝景芳:《孤独深处》，江苏凤凰文艺出版社 2016 年版，第 5 页。

烈的现实主义精神，是对当下国人所面临的孩子"教育困境"的写照。的确，近年来教育问题一直是困扰国人的一个重要问题，不断进行的高考改革与2021年教育部颁布的"双减"政策，都是试图改变这种教育困境所采取的有力措施。而老刀作为一个父亲（实际上是养父）如同任何一位中国父母一样，希望自己的孩子能够在幼儿园里充分挖掘出喜欢跳舞的天赋，能够接受良好的教育，为此他不惜铤而走险地去"第二空间"和"第一空间"，目的就是得到优厚的报酬。

这篇小说继续从日常生活的细枝末节进行描写："水马上就要停了，水流已经变得很小。"[1] 这个很快要停水的奇怪现象又接续上小说前面对"翻转"、出租房中胶囊床等奇特摆设的描写。这也是作者的有意设计，目的是突出老刀他们生活环境与位置的怪异，可说是对上面之谜的一个继续铺写与叠加。

科幻小说的撰写，其内容要符合生活逻辑，符合事物发展的规律。一位优秀作家，需要考虑到方方面面，使这部小说尽量读起来显得真实。我们明明知道"北京折叠"是不可能的，但是读完之后，觉得存在这种可能，这是因为我们在生理上产生了一种真实性的反应。

读者通过彭蠡与老刀的对话可以知道，尽管去"第一空间"会冒很大风险，如果被抓住的话会被关几个月时间，然而对老刀的诱惑依然非常大。老刀一个月挣一万元，剩下的钱要交房费、养孩子。如果一下子挣到三十万，对他来说是

---

[1] 郝景芳：《孤独深处》，江苏凤凰文艺出版社2016年版，第5页。

笔巨款，当然要去。因为："老刀要去第一空间送一样东西，送到了挣十万块，带来回信挣二十万。这不过是冒违规的大不韪，只要路径和方法对，被抓住的概率并不大，挣的却是实实在在的钞票。他不知道有什么理由拒绝。"[1] 这样就能顺利地解决糖糖以后上幼儿园的费用。

时间继续在这部小说中出现，且成为故事按照时间发展的一种叙事推动力："五点四十五分。他必须马上走了。"[2] 同时这样会对读者产生一种紧迫的时间感受与心理压迫力量。然后小说讲述彭蠡告知老刀应该如何爬过缝隙，这个细节又成为小说中有意设计的一个不解之谜。近年，一些穿越小说，以及由这些小说改编成的电视剧、电影等不断出现，如《宫锁心玉》《太子妃升职记》等，主人公从一个空间通过"身穿"（身体因为某种超自然力量直接穿越过现存空间与年代）或是"魂穿"（灵魂穿越到另一个空间人物的身体中）等方式进入另外一个空间与时代中，已经成为广大读者可以接受的一种天马行空的想象方式。加上宇宙"黑洞""虫洞"和量子力学中"多维空间"观点等得到普及、推广并逐渐为很多人所接受，因此《北京折叠》中的老刀为了进入"第二空间"采用攀爬的方式，就变得非常怪异且激发了读者的好奇心，同时还打破了此前一些科幻小说中已出现的、人们可进入不同空间的那些惯用方式与方法：何夕 2002 年发表在《科幻文学》上的短篇小说《六道众生》中，想象出的是个别人能够

---

[1] 郝景芳：《孤独深处》，江苏凤凰文艺出版社 2016 年版，第 5—6 页。
[2] 郝景芳：《孤独深处》，江苏凤凰文艺出版社 2016 年版，第 6 页。

直接通过特定空间缝隙穿入另一个不同的空间中去；而在刘慈欣的长篇小说《三体》中，则是由外星高智慧生物掌握进入"四维空间"与更高维空间的高科技力量或是人们在宇宙太空中无意进入"四维空间"后获得穿越到"第三空间"的能力。相比之下，《北京折叠》则提供了可以进入新空间的另外一种方式，可说也是一种极富创新的想象力与联想力。

那么老刀是如何通过这种攀爬方式进入"第二空间"呢？这部小说采取的策略是继续描绘出奇特的一些场景，主要通过老刀的视角来写出："老刀知道，彭蠡会在转换前最后一分钟钻进胶囊，和整个城市数千万人一样，受胶囊定时释放出的气体催眠，陷入深深的睡眠，身子随着世界颠倒来去，头脑却一无所知，一睡就是整整四十个小时，到次日晚上再睁开眼睛。"[①]

可说这个谜依然存在，或曰作者依然没有揭开谜底。然后小说按照时间的发展顺序详细地描写老刀攀爬到另一个空间的过程：他先是爬下彭蠡所住的楼房，按照后者的叮嘱跑到缝隙处与翻转处，此时呈现在他眼中的情景是怪异奇特的："他能看到草地上的裂隙，那是翻转的地方。还没跑到，就听到身后在压抑中轰鸣的隆隆声和偶尔清脆的嘎啦声。老刀转过头，高楼拦腰截断，上半截正从天上倒下，缓慢却不容置疑地压迫过来。"[②]

这段描写的就是高科技情景，随后小说对令人震惊的转

---

①② 郝景芳：《孤独深处》，江苏凤凰文艺出版社 2016 年版，第 7 页。

换场景继续进行细致描述："转换开始了。这是二十四小时周期的分隔时刻。整个世界开始翻转。钢筋砖块合拢的声音连成一片，像出了故障的流水线。高楼收拢合并，折叠成立方体。霓虹灯、店铺招牌、阳台和附加结构都被吸收入墙体，贴成楼的肌肤。结构见缝插针，每一寸空间都被占满。"①

大地在升起。老刀观察着地面的走势，来到缝的边缘，又随着缝隙的升起不断向上爬。他手脚并用，从大理石铺就的地面边缘起始，沿着泥土的截面，抓住土里埋藏的金属断碴，最初是向下，用脚试探着退行，很快，随着整块土地的翻转，他被带到空中。

这显然是作者完全依靠自身充沛想象力塑造出的一种超越当下建筑技术的科幻式场景，同时对读者产生强大的震撼力！如果说此前的胶囊床、催眠人们睡觉的气体等细节还是尽管怪异却并未超出日常生活常识认知的事物范围，那么能够轻松折叠起来的高楼大厦、开始进行翻转的城市等却彻底属于一种科幻奇观，是一种远远超越当下时代科技水平的，或许只存在于人们想象中的一种奇特场景，也是这部小说具备"科幻因素"的一种具体体现。到此，读者也可以确定：这是一部科幻小说，因为之前作者叙述的都是日常的场景。

然而在这个充满奇幻色彩的科幻时刻，小说运用现代主义手法，有意中止或曰切断常规的叙述顺序，反而是通过老刀此时的回忆接续上他因为前晚躲在垃圾桶中而偶然见到城

---

① 郝景芳：《孤独深处》，江苏凤凰文艺出版社2016年版，第7页。

市从折叠中延伸的场景。他早晨从垃圾桶里出来，小说后文交代，因为"第三空间"和"第二空间"之间的连接只有垃圾桶，但是进入"第一空间"他还必须要爬过去。这段描写显然与上面所写的城市"折叠"相互呼应，同时也是一种强化。还有，紧接着出现的下面段落并非赘笔，而是一种必要补充，是作者有意通过从外地进入北京城的大货车司机眼睛之所见，写出在每天清晨六点钟时整个北京城市出现的折叠与翻转盛况："晨光熹微中，一座城市折叠自身，向地面收拢。高楼像最卑微的仆人，弯下腰，让自己低声下气切断身体，头碰着脚，紧紧贴在一起，然后再次断裂弯腰，将头顶手臂扭曲弯折，插入空隙。高楼弯折之后重新组合，蜷缩成致密的巨大魔方，密密匝匝地聚合到一起，陷入沉睡。然后地面翻转，小块小块土地围绕其轴，一百八十度翻转到另一面，将另一面的建筑楼宇露出地表。楼宇由折叠中站立起身，在灰蓝色的天空中像苏醒的兽类。城市孤岛在橘黄色晨光中落位，展开，站定，腾起弥漫的灰色苍云。"[1]

由此可知，北京城每天的折叠与伸展是一种常态，人们已经成为习惯。小说第一部分完成了任务——在叙事中设立一些谜与迷宫，得以吸引读者继续看下面的部分。

小说的第二部分接续上第一部分内容。作为小说的主人公老刀，没有很高的文化程度，是不可能由他给读者介绍三个空间情况的，而作者处于小说中全知全能视角，在开头就

---

[1] 郝景芳：《孤独深处》，江苏凤凰文艺出版社 2016 年版，第 9 页。

顺理成章地采用夹叙夹议的方式介绍、说明这三种空间的分布与时间的分配情况："大地的一面是第一空间，五百万人口，生存时间是从清晨六点到第二天清晨六点。"[①]

　　即"第一空间"的五百万人口支配这二十四小时，由此可知生活其间的人们可以看到完整的日出日落，这也是一个伏笔，可以在小说后半部分关于"第一空间"的叙事中得到呼应与印证。如老刀爬到"第一空间"之后第一次看到日出，而且"第一空间"的居民享有更丰厚的土地与物质资源，"也因而认为自身的底蕴更厚"。这也是个象征，底蕴不仅仅包括自身的知识、能力、收入、生活还有地位也是最高的。而"第二空间生活着两千五百万人口，从次日清晨六点到夜晚十点"[②]，即"第二空间"的人数是"第一空间"的五倍，而人们可以支配的时间是十六个小时。"第三空间生活着五千万人，从夜晚十点到清晨六点"[③]，也就是说，"第三空间"的人口是"第一空间"人口的十倍，他们所享有的时间却只有最短的八个小时。这种时间分配，可与小说第一部分中描绘的彭蠡等"第三空间"居民要熟睡四十个小时的描述相对照。这类对比在小说中比比皆是，如在后文中"第一空间""第二空间""第三空间"的对比。

　　然后小说开始讲述老刀在"第三空间"的生活经历，在老刀的经历中掺杂着北京之所以能够"折叠"的历史——这是老刀父亲这一代建筑工人辛勤劳动的成果。小说中有一段

---

[①][②][③] 郝景芳：《孤独深处》，江苏凤凰文艺出版社 2016 年版，第 9 页。

描写这些建筑工人的表述："他们不知晓自己建起的是怎样的恢宏。直到建成的日子高楼如活人一般站立而起，他们才像惊呆了一样四处奔逃，仿佛自己生下了一个怪胎。奔逃之后，镇静下来，又意识到未来生存在这样的城市会是怎样一种殊荣。"[①] 等城市建成之后，大部分建筑工人想留在这个城市，然而："据说城市建成的时候，有八千万想要寻找工作留下来的建筑工，最后能留下来的，不过两千万。"[②]

老刀父亲千辛万苦地留下来，幸运地抓住机会找到一份垃圾处理工的工作。在北京城长大的老刀，"上了小学、中学。考了三年大学，没考上"[③]，只能子承父业，依然做垃圾处理工："他每天上五个小时班，从夜晚十一点到清晨四点，在垃圾站和数万同事一起，快速而机械地用双手处理废物垃圾，将第一空间和第二空间传来的生活碎屑转化为可利用的分类的材质，再丢入再处理的熔炉。"[④]

"双手"处理垃圾与后文中"第二空间"的全自动化和"第一空间"的智能化形成鲜明对比。然而繁重的劳动换来的是微薄的工资报酬，只可以维持温饱。"第三空间"的人口构成情况是："第三空间有两千万垃圾工，他们是夜晚的主人。另外三千万人靠贩卖衣服食物燃料和保险过活，但绝大多数人心知肚明，垃圾工才是第三空间繁荣的支柱。"[⑤] 从中可以看出，"第三空间"中的人们无论是职业层次还是生活水平均不高，大部分人处于生活的底层，更确切地说属于低收入的

---

①② 郝景芳：《孤独深处》，江苏凤凰文艺出版社 2016 年版，第 10 页。
③④⑤ 郝景芳：《孤独深处》，江苏凤凰文艺出版社 2016 年版，第 11 页。

市井阶层。这也是小说对"第三空间"的一个简笔勾勒。

　　小说叙事又出现转折，即由对老刀生活状态与"第三空间"的介绍转到老刀前一天清晨的经历。小说不断地通过老刀的回忆转化场景并且讲述前因后果，讲述他第一次躲在垃圾箱中进入"第二空间"，找到写字条并放到瓶中的主人，而且接受其委托到"第一空间"送东西的原委。这是对第一部分中老刀受人委托一定要到"第一空间"送字条原因的解释，是对此事件的再一次重复讲述。这是一种插叙手法，可以说再次打断这部小说的正常叙事状态返回到过去时间，也是小说中运用现代主义手法的再一次体现。

　　在小说中，委托人秦天是一个研究生，他请老刀在自己宿舍的大厕所中洗澡，后者在洗澡过程中遇到了"第三空间"中没有的奇观："墙上喷出泡沫的时候他吓了一跳，热蒸汽烘干也让他不适应。"①

　　这显然是"第二空间"与"第三空间"的一个对比。小说叙事继续推进，讲述秦天因为曾在"第一空间"联合国经济司实习过一个月，在此期间爱上一个同在一起实习的"第一空间"女孩子依言，在他返回"第二空间"后非常思念女友，因此想让老刀帮忙攀爬到"第一空间"去送爱情信物。此处出现的是一个爱情故事，而不管是不是秦天的单相思，均赋予这部小说一种爱情色彩。大概也是作者有意把爱情因素加入其中，目的是增加小说内容的丰富性。

---

① 郝景芳:《孤独深处》，江苏凤凰文艺出版社 2016 年版，第 12 页。

老刀在"第二空间"时还看到秦天的一个同学张显，两人聊起"第三空间"生活，而张显的目的是和老刀打探消息："他听人说，如果将来想往上爬，有过'第三空间'的管理经验是很有用的。现在几个当红的人物，当初都是先到'第三空间'做管理者，然后才升到'第一空间'，若是停留在'第二空间'，就什么前途都没有，就算当个行政干部，一辈子级别也高不了。他将来想要进政府，已经想好了路。"①

张显希望有机会能够到"第三空间"当管理者的计划具有一定的当下社会现实指涉性，因为当前很多机关与企事业单位选拔干部的一个基本条件就是需要具有基层管理经验，一般都是先到地方或是基层去挂职锻炼两年左右。从这个角度说，《北京折叠》的现实主义指向很强烈，是对社会生活某一方面的一种反映，尽管是以科幻小说的方式。

小说较详细地描述出张显的穿着打扮，是典型白领式的，与只有一套西装的老刀形成对比："张显一边跟老刀聊天，一边对着镜子打领带，喷发胶。他已经穿好了衬衫，浅蓝色条纹，亮蓝色领带。"②

可把他与老刀在"第三空间"经常遇到的那些在大排档上吃炒面与炒粉的少年形象，还有那些希望到歌厅舞厅赚钱的青年人看成是一种对比。还有工资收入问题，秦天提前给了老刀定金，老刀觉得秦天给的钱太多，他还未到"第一空间"就给了五万元，他觉得不好意思，但生活在"第二空间"

---

①② 郝景芳：《孤独深处》，江苏凤凰文艺出版社 2016 年版，第 14 页。

的秦天现在每个月在金融公司实习，而他每个月的实习工资是十万元，相比老刀作为垃圾处理工每月一万元的收入，其差异不言自明。

然后，秦天上课就离开了公寓，小说再通过老刀透过窗外的观察对"第二空间"景物进行描写："太阳居然是淡白色，不是黄色。日光下的街道也显得宽阔，老刀不知道是不是错觉，这街道看上去有第三空间的两倍宽。楼并不高，比第三空间矮很多。路上的人很多，匆匆忙忙都在急着赶路。"①

除此之外，汽车也特别多。其实此处应该是作者对大城市中众多白领工作人员急匆匆地奔赴写字楼和各个公司的一种如实描写，同样具有社会现实的指涉意义。

"第二空间"与"第三空间"的不同还体现在其他方面，"第二空间"在中午十二点时出现机械化的清扫街道场面："楼道地面化为传送带开始滚动，将各屋门口的垃圾袋推入尽头的垃圾道。楼道里腾起雾，化为密实的肥皂沫，飘飘忽忽地沉降，然后是一阵水，水过了又一阵热蒸汽。"②

不仅如此，小说还通过老刀看到吃饭时食物被全自动化机械生产出来的场景，还通过他观察到秦天同屋的另一个研究生吃饭时的一系列举动："他走到阳台旁边一台机器旁边，点了点，机器里传出咔咔唰唰轰轰嚓嚓的声音，一阵香味飘来，男生端出一盘菜又回了房间。从他半开的门缝看过去，男孩坐在地上的被子和袜子中间，瞪着空无一物的墙，一边吃一

①② 郝景芳：《孤独深处》，江苏凤凰文艺出版社 2016 年版，第 15 页。

边咯咯地笑。他不时用手推一推眼镜。吃完把盘子放在脚边，站起身，同样对着空墙做击打动作，费力气顶住某个透明的影子，偶尔来一个背摔，气喘吁吁。"①

还有，当城市开始翻转时，不同于"第三空间"需要清理车来驱散并赶回家中，"第二空间"的人们却都具有"撤退时的优雅"②，这是不同于"第三空间"的生活状态与精神面貌的，是又一个"第三空间"与"第二空间"相对比的例子。而且从这些描述还可看出，"第二空间"已经进入全部自动化时期，不论是打扫卫生还是吃饭，都不再需要人工来处理，这大概也是为何垃圾处理工都留在"第三空间"的主因。

第二部分是老刀在城市翻转过程中的回忆，小说的第三部分接续上第一部分中老刀从"第三空间"攀爬、翻越到"第一空间"去送礼物给女孩依言的过程。当老刀进入"第一空间"后，他第一次看到天亮之后太阳升起的美丽情景："老刀从来没有见过这样的景象。太阳缓缓升起，天边是深远而纯净的蓝，蓝色下沿是橙黄色，有斜向上的条状薄云。太阳被一处屋檐遮住，屋檐显得异常黑，屋檐背后明亮夺目。太阳升起时，天的蓝色变浅了，但是更宁静透彻。"③

然后他被太阳升起的美景诱惑而迎着奔跑等举动，非常符合人物的心理状态。而"第一空间"的自然环境显然又与"第三空间"和"第二空间"不同："路的两旁是高大树木和大片草坪。他环视四周，目力所及，远远近近都没有一座高

---

① ② 郝景芳：《孤独深处》，江苏凤凰文艺出版社 2016 年版，第 16 页。
③ 郝景芳：《孤独深处》，江苏凤凰文艺出版社 2016 年版，第 17 页。

楼。他迷惑了,不确定自己是不是真的到了第一空间。他能看见两排粗壮的银杏。"①

然后老刀根据地址找到一个漂亮的小区,等待着依言出来。小说描述依言的外貌打扮既优雅又休闲:"穿了一条乳白色连衣裙,有飘逸的裙摆,腰带上有珍珠,穿黑色高跟皮鞋。"②

当老刀要把秦天的项链和情书交给依言时,却被她拒绝,反而约他中午在地下超市见面。老刀还看到一个与他年龄相仿的、穿西装的中年男人从房子里出来,他并不是依言的父亲,而是她的丈夫,因为他的举动:"男人搂住依言的腰,吻了她嘴唇一下。依言想躲,但没躲开,颤抖了一下,手挡在身前显得非常勉强。"③

"第一空间"与其他空间的不同还体现在交通工具上,是高科技的、无人驾驶的各种类型汽车:"单人双轮小车,黑色,敞篷,就像电视里看到的古代的马车或黄包车,只是没有马拉,也没有车夫。小车停下,歪向前,依言踏上去,坐下,拢住裙子,让裙摆均匀覆盖膝盖,散到下面。小车缓缓开动了,就像有一匹看不见的马拉着一样。"④

而那个男人随后也是乘坐无人轿车去上班。这显然是科幻场景的描写,再一次突显这部小说中的科幻因素。

---

① 郝景芳:《孤独深处》,江苏凤凰文艺出版社 2016 年版,第 17 页。
② 郝景芳:《孤独深处》,江苏凤凰文艺出版社 2016 年版,第 17—18 页。
③ 郝景芳:《孤独深处》,江苏凤凰文艺出版社 2016 年版,第 18 页。
④ 郝景芳:《孤独深处》,江苏凤凰文艺出版社 2016 年版,第 19 页。

小说对"第一空间"的描述在继续——街道上的车辆也不像"第二空间"那么多，而且坐在车上的女人们都很优雅和悠闲。而在进入超市之后，老刀面临的也是只有在近年科幻电影中可以看到的高科技场景："一进入超市，就有一辆小车跟上他，每次他停留在货架旁，小车上的屏幕上就显示出这件货物的介绍、评分和同类货物质量比。超市里的东西都写着他看不懂的文字。应该是外文，说明物品很高档，食物包装精致，小块糕点和水果用诱人的方式摆在盘里，等人自取。"①

等到依言到来后，她带着老刀到餐厅吃饭，此时服务员是智能机器人："两个穿格子裙的小机器人迎上来，接过依言手里的小包，又带他们到位子上，递上菜单。依言在菜单上按了几下，小机器人转身，轮子平稳地滑回了后厨。"②

从上面这些描写可以看出，"第一空间"的科技显然比"第二空间"还高一个级别，已经完全进入智能机器人时代，一切都是由 AI 技术进行操纵和服务，这也是对比。

小说通过依言与老刀的对话，使读者可以知道依言实际上已经结婚，她的丈夫就是老刀看到的那个中年男人吴闻。之所以在此处提到吴闻，是因为在后文中吴闻将再次出现。依言因为无所事事才去上半天班，又因为派去参加培训从而认识秦天。她说自己是真的喜欢秦天，不希望老刀告诉秦天关于她的真实情况。此时很有正义感的老刀不愿吃依言点的

---

① 郝景芳：《孤独深处》，江苏凤凰文艺出版社 2016 年版，第 19 页。
② 郝景芳：《孤独深处》，江苏凤凰文艺出版社 2016 年版，第 20 页。

东西，他也拒绝为她撒谎，可是当依言拿出五万元时，老刀面临着激烈的心理活动："老刀很希望自己这个时候能将钱扔在地上，转身离去，可是他做不到这一步。他又看了几眼那几张钱，五张薄薄的纸散开摊在桌子上，像一把破扇子。他能感觉它们在他体内产生的力量。它们是淡蓝色，和一千块的褐色与一百块的红色都不一样，显得更加幽深遥远，像是一种挑逗。他几次想再看一眼就离开，可是一直没做到。"[1]

此处对老刀举动的描写很符合实际情况，因为他需要钱为糖糖上幼儿园做准备。小说情节继续展开——当依言给老刀五万元的时候，老刀已经看出她对秦天爱情的口是心非："她只是将一切都推到将来，以消解此时此刻的难堪。她很可能不会和秦天私奔，可是也不想让他讨厌她，于是留着可能性，让自己好过一点。老刀能看出她骗她自己，可是他也想骗自己。"[2]

由此可知，秦天的爱情可能会没有结果，因为依言很可能不会改变现在的舒适生活状态，也不会离开她的丈夫。然后小说继续写老刀的推辞与依言的谈话，由此可以得知每天只上半天班的依言一个礼拜就可以挣到十万元，相比"第三空间"中老刀的每月一万元工资、"第二空间"中秦天实习月工资十万元，可以看出三者之间的巨大收入差距来，而这也是作者有意设置的一处对比。

小说的第四部分则是对"第一空间"的继续描绘，目

---

[1] 郝景芳：《孤独深处》，江苏凤凰文艺出版社 2016 年版，第 22 页。

[2] 郝景芳：《孤独深处》，江苏凤凰文艺出版社 2016 年版，第 22—23 页。

的是突出"第一空间"的其他特征与不同，尤其是与其他两个空间的巨大差异，这大概也是作者出于创作上的考虑：与"第三空间"和"第二空间"相比，"第一空间"的人物形象还有处于最高阶层的当权者，因此有必要展示出他们的生活与人生，毕竟依言的生活只是"第一空间"的一角罢了。正是为了达到这个目的，小说特意设计老刀在返回"第三空间"路途中被抓住的情节。具体表现为当老刀返回到可以通到"第三空间"的那个园子里，他爬过来时是清晨六点，但他见完依言之后是下午了，因此他发现清晨无人的园子变得非常热闹，而且："园里的人多半穿着材质顺滑、剪裁合体的西装，也有穿黑色中式正装的，看上去都有一番眼高于顶的气质。也有外国人。他们有的正在和身边人讨论什么，有的远远地相互打招呼，笑着携手向前走。"①

老刀很快被两个巡逻的小机器人发现并发出嘀嘀响声，引来最近建筑物中的三个男人。其中一个三十多岁的男人用仪器检查老刀后，说他没有记录，因此两个小机器人悄无声息地、准确敏捷地抓住试图跑出园子的老刀："两个小机器人将他的两条小腿扣紧，抬起，放在它们轮子边上的平台上，然后异常同步地向最近的房子驶去，平稳迅速，保持并肩，从远处看上去，或许会以为老刀脚踩风火轮。老刀毫无办法，除了心里暗喊一声糟糕，简直没有别的话说。他懊恼自己如此大意，人这么多的地方，怎么可能没有安全保障。"②

① 郝景芳：《孤独深处》，江苏凤凰文艺出版社 2016 年版，第 24 页。
② 郝景芳：《孤独深处》，江苏凤凰文艺出版社 2016 年版，第 25 页。

　　此处对这两个智能机器人的描述，可与前面所写的餐厅中围着方格子裙的点菜机器人相呼应，再次验证了"第一空间"的确是一个已经进入高科技时代的地方，是这部小说拥有诸多科幻因素的一种具体呈现，而且与"第三空间"使用原始人力用手分解垃圾、"第二空间"的机械自动化都不相同。这也是"第一空间"的人们具有优越感的一个具体体现。

　　小说要组织成精巧的结构，需设计突发事件，出来新的人物。这样这部小说才能够继续发展，这是小说叙事手法中常用的手法。比如，长篇小说刚开始只有两三个员工，但随着情节开展，人物越来越多，故事情节也越来越丰富。

　　小说叙事再次出现转折——好在老刀运气不错，他并没有被意料之中地关押起来，而是被这三个人中的年长者带到二楼自己的房间中。小说通过老刀的眼睛观察到这个"第一空间"代表性的描写，如房间的摆设："他发现这是一个旅馆房间，非常大，比秦天的公寓客厅还大，似乎有自己租的房子两倍大。房间的色调是暗沉的金褐色，一张极宽大的双人床摆在中央。床头背后的墙面上是颜色过渡的抽象图案，落地窗，白色半透明纱帘，窗前是一个小圆桌和两张沙发。"①

　　显然这是一个比较奢华和舒适的房间，而"第三空间"和"第二空间"的人们租住的都是旅馆。小说开头，老刀去彭蠡租的旅馆找他，并且因为折叠房间连挂钩都没有，而"第二空间"的秦天也是和四个人一起住公寓的，与"第三

---

① 郝景芳:《孤独深处》，江苏凤凰文艺出版社 2016 年版，第 26 页。

空间"中彭蠡的那个只能睡觉的小出租房完全不同。老刀通过交谈，得知这个房间的居住者是老葛，而依言住的房子更高档，这是隐形的对比。老葛之所以知道老刀来自"第三空间"，其实答案很简单："'从你裤子上。'年长者用手指指他的裤腰，'你那商标还没剪呢。这牌子只有'第三空间'有卖的。我小时候我妈就喜欢给我爸买这牌子。'"①

老刀裤子上的商标还未剪，有两种可能：一种是老刀穿这套衣服的机会太少了，因此忘了剪。另一种可能他为了到"第一空间"来，裤子是新买的，没来得及剪。

然后小说通过两人的谈论交代出老葛来自"第三空间"的出身与个人奋斗经历："他从小也在第三空间长大，父母都给人送货。十五岁的时候考上了军校，后来一直当兵，文化兵，研究雷达，能吃苦，技术又做得不错，赶上机遇又好，居然升到了雷达部门主管，大校军衔。家里没背景不可能再升，就申请转业，到了第一空间一个支持性部门，专给政府企业做后勤保障，组织会议出行，安排各种场面。虽然是蓝领的活儿，但因为涉及的都是政要，又要协调管理，就一直住在第一空间。"②

老葛属于依靠自身的努力从"第三空间"进入"第一空间"工作和生活的一个成功者。

小说继续通过老刀的眼睛观察"第一空间"的奢华与科幻场景。因老葛认为他和老刀是老乡，所以在老葛带领下老

---

① 郝景芳：《孤独深处》，江苏凤凰文艺出版社2016年版，第26页。

② 郝景芳：《孤独深处》，江苏凤凰文艺出版社2016年版，第27页。

刀到宴会厅吃饭时，不仅会场高档宴席的安排让从未见过这种场景的老刀吃惊，更重要的是他看到巨大展示牌中所写的"折叠城市五十年"①，通过老刀的视角描写这个城市的历史。而会场中的这个场景却是小说要着重描写的：尽管这个城市得到巨大的发展，然而却没有只言片语提到老刀父亲类的建筑工人对它的贡献，而这些内容主要是通过老刀的个人感受写出来的。

在此期间还出现了一个小插曲，即台子上的白发老人（老葛他们的顶头上司，掌管着城市运作的最高领导者）发表完关于垃圾处理的讲话后，通过老刀的眼睛和耳朵听到吴闻对白发老人汇报将要引进高端垃圾自动处理机器的事情，然而白发老人拒绝了："白发老人摇了摇头，眼睛盯着吴闻：'事情哪是那么简单的，你这个项目要是上马了，大规模一改造，又不需要工人，现在那些劳动力怎么办，上千万垃圾工失业怎么办？'"②

这个小说的深刻性在于它涉及很多问题，包括弱势群体生存问题、失业率问题等等。小说在叙事上继续推进，讲述由于白发老人的秘书发现老刀是陌生面孔，在怀疑地询问他时老葛及时赶到并把老刀带走，还让后者在自己屋子里睡觉休息并吃饭。然后通过两人的谈话再次展示三个空间在物价上的巨大差异，因为按照老葛的说法，其中一盘饭菜的价格是："估计一两万之间，个别贵一点可能三四万。就那么回

① 郝景芳：《孤独深处》，江苏凤凰文艺出版社 2016 年版，第 28 页。
② 郝景芳：《孤独深处》，江苏凤凰文艺出版社 2016 年版，第 31 页。

事。"①

这又是一种显著对比，再次彰显出"第一空间"与"第三空间""第二空间"的不同。其实此前依言请老刀所吃的生鱼片刺身已经从侧面表明"第一空间"的饮食与"第三空间"及"第二空间"存在很大差别。

或许是给读者解惑，同时也是为了揭示出建造折叠城市的谜底，小说通过老葛的话讲述出城市专门设计出"第三空间"及垃圾处理工存在的社会意义："欧洲那边是强行减少每人工作时间，增加就业机会，可是这样没活力你明白吗？最好的办法是彻底减少一些人的生活时间，再给他们找到活儿干。你明白了吧？就是塞到夜里。这样还有一个好处，就是每次通货膨胀几乎传不到底层去，印钞票、花钞票都是能贷款的人消化了，GDP涨了，底下的物价却不涨。人们根本不知道。"②

从以上分析可知，第四部分在小说整体结构中的作用，在于通过老葛之口讲述出"第三空间"出现的原因及作用，这也是逐渐解谜的过程。

小说第五部分讲述在老刀返回"第三空间"时，因为要将依言的信交给秦天，他再次躲进垃圾桶里进入"第二空间"。城市的转换因为已经印好的大会宣言出了点小问题要推迟印刷时间，所以白发老人同意城市转换时间推迟，这也是白发老人公开主持的最后一个演讲。颇令人玩味的是，这次

① 郝景芳：《孤独深处》，江苏凤凰文艺出版社2016年版，第32页。
② 郝景芳：《孤独深处》，江苏凤凰文艺出版社2016年版，第34页。

城市的转换时间被有意推迟两次，从而导致正在攀爬到"第二空间"的老刀腿部受伤。而导致两次转换推迟的原因都是为了弥补秘书处的主任吴闻出现的工作失误，而在之前时间转换出现错误几乎是不存在的："六点二十分，秘书打来紧急电话，说吴闻主任不小心将存着重要文件的数据 key 遗忘在会场，担心会被机器人清理，需要立即取回。"①

那么是否可以这样推断:《北京折叠》不仅在开头设立谜团与迷宫，然后在故事展开中进行解谜；而且在小说的后半部分还隐藏着一个不解之谜：老刀在带着"第一空间"依言给的秘密字条返回"第二空间"时城市转换所出的短暂故障，是不是年轻美丽女子依言的丈夫吴闻——年近五十岁的、能够有理由操纵北京这座城市的空间折叠与转换权力得以推迟时间的这个中年人有意制造的？他的目的是阻止妻子与"第二空间"的追求者（秦天在研究生毕业后，很可能会到"第一空间"来工作和生活）之间的暧昧关系与秘密联系？这些在小说中都没有明确说出，同时成为小说情节上的一个空白点，或许作者以后可以此写出这部小说的一部续篇：吴闻有可能想让老刀受重伤，这样他就送不了信。

小说的情节在继续发展。好在六点四十分时转换继续运行，时间的转换都要靠白发老人，吴闻不是最高当权者，他只能推迟，转换势在必行。这使老刀拖着伤腿到"第二空间"后把依言的信交给秦天，然后又返回"第三空间"，这一段冒

---

① 郝景芳:《孤独深处》，江苏凤凰文艺出版社 2016 年版，第 36—37 页。

险经历至此结束。然而此时的老刀在心理上发生了很大变化，这与之前彭蠡告诉他去了其他空间之后你会发现你的生活没有意义："再回到第三空间，他感觉像是已经走了一个月。城市仍然在缓慢苏醒，城市居民只过了平常的一场睡眠，和前一天连续。不会有人发现老刀的离开。"①

而当老刀再次返回出租房时，他此时注意到周围的环境是嘈杂吵闹的："楼道里喧扰嘈杂，充满刚睡醒时洗漱冲厕所和吵闹的声音，蓬乱的头发和乱敞的睡衣在门里门外穿梭。"②

其实这也是作者有意设计的，与老刀此前从未注意到周围环境的嘈杂又一次形成一种对比，尽管这是小说中隐含的。小说最后的结局是老刀在隔壁两个卖衣服女孩阑阑和阿贝与收房租老太太争吵时，给了老太太一万元钱，因为："他忽然想让阿贝不要吵了，忘了这些细节，只是不要吵了。他想告诉她女孩子应该安安静静坐着，让裙子盖住膝盖，微微一笑露出好看的牙齿，轻声说话，那样才有人爱。可是他知道她们需要的不是这些。"③

或许这也是他对养女糖糖的期望，希望她以后也能够成为一个像依言一样的文静淑女，过上舒适富足的生活，这也是一个养父对孩子的期望。小说的结尾是老刀继续去垃圾站上班，小说就此结束。

在细读完这部小说后，我们可以做一个颇有意思的文学实验。如果把《北京折叠》中属于科幻小说的那些因素都去

---

①② 郝景芳：《孤独深处》，江苏凤凰文艺出版社 2016 年版，第 39 页。

③ 郝景芳：《孤独深处》，江苏凤凰文艺出版社 2016 年版，第 40 页。

除掉，将三个不同空间的描写都变成国际大都市中三个不同水准的生活区域与工作区域，例如把"第三空间"变成属于底层市民和最低收入者的一个简陋、贫穷的棚户社区，布满将要拆迁的危房与众多狭窄的廉价出租房；而"第二空间"则成为中产阶级（包括白领、正在攻读研究生的青年人等在内）工作的公司云集之地与生活设施齐全的公寓房之地；"第一空间"则是事业成功人士富丽堂皇的工作地点与豪华舒适的生活区，那么这部小说在现实层面与逻辑结构上依然成立。反过来说，作者也正是因为当前全球大城市，在某种程度上存在这三种差异巨大的社区与生活状态，所以才想象出用三个不同的空间来比喻、象征这种巨大的差异。

概言之，《北京折叠》描绘来自社会日常生活中生活于底层的小人物与他们的艰难生活，这也是科幻小说对日常生活的一种书写。科幻小说的特点是它喜欢描写日常生活中的隐藏事物，具有一定的社会批判色彩与现实意义。再从中国当代文学史的角度说，这种对底层小人物艰辛生活状态的书写曾在 21 世纪初的"底层文学"中达到一个顶峰，描述出小人物被压到极低的物质生活标准与他们为卑微生存而付出的巨大劳动代价，这些内容都令人动容，甚至令读者感到悲伤。

然而随着时代的发展，我国脱贫攻坚取得了全面胜利，现行标准下农村贫困人口全部脱贫，全面建成了小康社会。不仅如此，《北京折叠》中的底层普通人到另外两个空间中的冒险经历，也是对希望冲破、打破阶层固化的一种勇敢尝试，同时提供了科幻小说中常出现的"后人类"的生活状态

（科幻小说中经常写到未来的人可能会有怎样的状态和生活方式）:《北京折叠》虽然讲述了一次冒险经历，然而小说中的人物老刀并没有遭受生与死的戏剧性转折与惨烈的生死存亡状态，而是在经历了一些小惊吓和腿部受伤之后安全归来，赚到的钱已经足够给养女以后上培养孩子舞蹈特长的贵族式幼儿园，最后他也重归日常生活状态。这也说明，有意夸大甚至夸张当下底层社会存在"惨象"的"底层小说"模式已经是明日黄花，而对普通民众拥有的坚韧不拔精神的描写、对他们乐观向上生活态度的挖掘，已经逐渐占据当下文坛并成为一种主流。说明同样是写底层，时代在变化，作家们创作方法也在变化。